KB129562

무한으로 가는 순간들

무한으로 가는 순간들

시인수첩 시인선 009

안숭범 시집

문학수첩

요즘 아침엔 부쩍 가난해진다

당신과 반짝이는 이야기들을 꿈에 두고

빈손으로 돌아오기 일쑤다

안숭범

|차 례|

2부 화양연화

3부 멀홀랜드 드라이브

해설 | 이병철(시인)

1부

내일을 위한 시간

비정규적 슬픔

어머니는 유학도 보내 주지 못했다고 말했다, 데리다
는 세 문장을 읽으면 시를 쓸 시간을 준다, 혼자 사는
열대어처럼, 고요하게 늙는 촛대처럼, 느리게 커피가 시
간을 젓자 밤이 잔 안에서 잔잔해진다, 어둠들이 삐걱대
는 소리를 적을 수 있게 됐다, 거실로 출근하고 안방으
로 퇴근하는 날들 동안, 웃자란 아가는 아버지 대신 정
규적으로 밥을 먹었다, 저녁밥을 건너뛰고 내뱉는 농담
은 월급보다 재미가 없었고, 포기되지 않는 것들 때문에
석양은 여전히 아름다웠다, 이런 시간들로 나를 당기는
힘을 지울 수 있을까, 가령 고시원 끝 방에 두고 온 휴대
폰에선 첫사랑 연락처가, 함부로 쌓아 둔 책 어느 페이지
에선 첫 직장 약도가, 살아 있어서 기쁘다와 살수록 슬
프다 사이에 서 있는데, 다가갈 수 없는 반대편은 쉬이
휘발된다는데, 아들이 코와 자기 생애를 곯기 시작한다,
반환된 서류 상자를 던져 놓자 어느덧 데리다의 세 문장
길이로 새치가 자라 있다, 베란다의 선인장은 집 안 공기
와 익숙한 여자의 완숙한 연민을 찔러 댄다, 어제 받은
부고를 떠올리자 받지 못한 사랑의 남은 몫이 울어 댄

다, 읽던 페이지를 서쪽으로 접는다, 안방에서 먼저 잠든 여자가 그쪽으로 따라 눕는다, 진짜 날카로운 풍경은 아직 도착하지 않은 밤에서 숨죽이고, 거실 TV는 무음으로 예의를 갖춘다, 오디션 프로에서 탈락한 소녀가 자기 울음에 뼈마디를 세운다, 안방이 너무 멀다고 어머니에게 전화를 걸까, 바람의 정권이 겨울에서 실각하는 내일이 오면

불금

아내가 꽃무늬 돗자리를 샀다,

사전을 덮자 저녁이 두꺼워진다, 노래를 끄자 탁상시계가 수다스러워진다, 창문을 열자 고향은 더 멀어져 있다, 낡은 가방 밑구멍으로 집 한 채가 빠져나갔다, 내일은 토요일인데, 가장자리에서 태어난 날파리가 가장의 자리로 옮겨 다닌다, 분유가 아기를 떼기 전 아기가 아빠 이름을 흉내 냈다, 하루 종일 한 장의 글도 더 쓰지 못했다, 더 썼다고 달라질 것 없는 저녁이지만, 아내는 소리 없이 잔다, 소문도 지쳐 돌아간다, 평화가 안방을 덮친다, 누군가는 자살을 망설이고, 어떤 피난민은 고향을 다시 그리워하기도 하는 날에, 이상한 별자리는 새 이름을 얻기도 한다는데, 언제부터인가 가장 알고 싶던 것들부터 모르고 싶어졌다

아내가 산 꽃무늬를 편다
가장자리가 촉촉하다

분실

한 얼굴이 한 마음에 상처 주기 좋은 날, 버스를 탔
다, 지갑이 없었다, 삶이 불편하다는 생각에 낯이 뜨거
워졌다, 낯을 따갑게 하는 아지랑이 곁으로 내렸다, 멀어
진 약속이 불안에서 하차했다, 이런 날 간신히 적은 문
장이 해묵은 미완성 시를 완결하기도 한다지만, 나를 떠
난 돌멩이가 사소한 폐곡선을 그렸다, 이제 이 도시의 주
민이 아닌 것 같았다, 과연 증발된 꿈을 화장(火葬)하기
에 좋은 날씨여서, 다만 지불해야 할 부끄러움도 없다,
유효 기간이 짧은 직함과는 서로를 걱정하지 않는 사이
지만, 어디였을까, 나를 잃어버리고 걱정 않는 당신들이
있고, 너를 잃어버릴 것 같아 작정하는 내가 있는 곳, 같
은 번호의 다음 버스가 올 때까지 움직이지 않고 싶다,
지갑을 잃어버렸을 뿐이다,

못된 형

하버마스와 울리히 벡을 읽었으나 세계시민은 못된 형, 동네서민으로 남은 형, 그냥 못된 형, 불가능해 보이는 자세로 평상 위에 엎드려 무협지와 다투는 형, 지상으로 오는 첫 빗방울을 자기 거라 우기는 형, 장마가 아니어도 우기의 형, 굳이 지상으로 올라와 호흡이 곤란해진 지렁이처럼 생긴 형, 시간이 죽지 않았나 종종 찔러보던 형, 삼선짜장은 못 먹어도 삼선슬리퍼는 신던 형, 그저 못된 형, 아점은 혁명처럼 삼각김밥으로 때우고, 그 힘으로 온순한 시와 놀던 형, 그래도 동네 도서관 생수 지분을 제일 많이 가진 형, 가문의 그늘이 된 형, 된다, 된다 하면서 그냥 못된 형

毒書

　서재에서 숨이 막힌 적 있다, 내가 그은 밑줄들이 내 목을 감은 적 있다, 내가 접어 놓은 낱장들에게 나를 한 수 접어 달라 말했다, 오래 눈길 준 글자들이 연민에 올라탈 때까지 기다렸다, 상징으로 죽은 은유들도 자기 종소리를 찾을 것이라 믿었다, 책과 책 사이에서 숨이 뚫린 적만 생각했다, 그런 날들 속에서 그을린 아버지의 퇴근길은 더 길어졌을까, 책먼지가 끝내 털리지 않는 한 책이 있어, 힘줄 선명한 팔뚝을 가진 아버지는 어느 문장으로 이사할 것인가, 오늘은 책이 나를 읽는 날, 너는 밑줄 그을 곳이 한 군데도 없구나, 다행을 수놓은 불행을 덮고, 생각이란 것을 생각할 수 없던 날들에 대해, 내 독서의 밤들보다 더 깊은 검정을 알지 못한다,

非行記

그의 명함이 명치를 찌르며 내 정체를 요구한다, 10년 전쯤 많이 불렀으나 5년 전쯤 잊힌 노래가 들린다, 명함을 미처 준비하지 못했습니다, 나를 수식하는 하고많은 거짓말에 구속된 문명, 허파쯤에서 아버지 유산의 질량이 부푼다, 비좁은 소형차 천장을 들이박으며 노는 아이가 있고, 학위를 받지 못한 아내는 보조개가 예쁜 보조원이어서, 제가 할 수 있을 것 같습니다만, 카페를 나올때 허리가 더 숙여진다, 카페 문턱이 5분 전보다 10센티만큼 높아진 것으로 밝혀진다,

극단적 만남

여기는 우리의 혜화동, 우체통은 매미 소리를 머금고 아직 꿋꿋한가, 그 곁에서 입간판보다 먼저 구부러지고 있는 너, 객석의 빈 어둠을 덮고 자란 부조리극처럼, 십 년째 버티고 선 무대가 지난 태풍쯤 허물어진 것, 이 여름 너는 부르튼 입술과 늙은 재킷 앞섶을 앙다물고 있는가, 컵라면도 극단적으로 먹던 너, 첫 월급의 힘으로 기타 교본과 바나나우유를 건네던 너의 손, 제일 늦게 불켜는 소극장 바닥에서 신비한 내세를 보던 손, 햇빛의 여린 끝과 슬픈 얼굴들을 문지르던 손, 어느새 쥐어짐을 당하는 데 익숙해져 있는가, 여기는 그들의 혜화동, 싸구려 기타만 주인을 데리고 깊이를 알 수 없는 골목으로 사라지는, 십 년을 치면 소리가 익을까 하던 기타가 있어서, 이상한 기억을 주렁주렁 단 노래를 부르면, 반만 지하라고 우리가 박수 친 너의 자취방에 와 죽던 벌레들, 너의 나와 나의 너는 다시 만날 수 있을까, 어항만 한 창문을 안에서 반만 열고 올려다보면, 이오네스코의 코뿔소처럼 지나던 여자들, 그 많던 쇼핑백들, 이런 게 다 생각나서 우린 지금 행복한 걸까, 그때처럼 물구나무 오래

버티기를 할까, 자취를 감춘 우리의 과녁들을 향해

길게 오는 새벽

투명해지는 마음, 이라고 적기 위해 일찍 눈을 떴습니다

새벽 첫 전철이 저의 시작을 싣고 갑니다

어제도 그제처럼 하나님이 가난보다 늦게 들르셨습니다

오래 정리되지 않은 이 통장은 삭은 걸까요, 삭힌 걸까요

저만치엔 만취해 누운 아저씨가 있고

오래 가만히 있는 것들이 내게 뭔가를 묻습니다

어디와 어디를 순환하면 바닥과 수평이 되는 걸까요

벚꽃이 흐느끼다 흐득흐득 피는 것을 보고 난 뒤에서

봄밤을 걷어차며 지나는 유행들은 나를 순환하지 않습니다

전철은 눈이 부은 잠실철교 외등을 외면합니다만

개정된 주기도문에 아직 실리지 않은 마음 곁으로

오늘은 하나님이 서글픔보다 서둘러 들르셨습니다

민첩한 문장으로, 처음이라는 듯

이 세계와 문학적으로 화해를 합니다

하나님, 세게 치면 세게 돌아오는 샌드백 같은 이 땅에
서

과연 시를 쓸 수 있을 것 같아 행복합니다

우울의 수도

먼 도시에 관해 정의로운 불빛들아
멀리서 와서 멀리로 부는 바람에만 윤리적인 높이들아

언제나 발자국도 남지 않는 아스팔트 위였다
누군가에겐 쉬운 기적을 손톱으로라도 새기려 하였으나
여유로운 저녁을 예약하는 술법과 전략이 난무한 여기서
돌베개 위로 오는 천사들을 본 수천의 날들조차
수천 장 달력 너머로 깨진 손톱들과 버려졌으니

내민 내 손을 외롭게 하는 정의에게
올려다보다 꺾인 내 목을 돌보지 않는 윤리에게

간혹 물맷돌을 쥔 내 손을 찾았으나
나라는 물맷돌을 던지는 손들을 느끼는 순간
허공이었으니, 오늘도 공허의 쪽방을 열고
광야에서 들인 한 로뎀나무 아래에 눕는다

이 길의 뿌리를 생각한다

정전

정전이 왔다, 저녁 뉴스 아나운서의 클로징 멘트 즈음에서, 오늘에 배신당한 생계가 돌아눕던 중이었다, 어둠을 사이에 두고 이편과 저편이 사라졌다, 일찍 잠든 아이가 중도 해지 적금통장처럼 잠을 깼다, 뼈마디가 갑자기 날카롭게 벼려졌다, 최저시급 협상 부결 소식을 들은 어느 노동자처럼, 바닥에 배를 깐 금붕어는 어둠을 휘젓고 있었다, 나를 등지고 눈을 비비던 아이는 끝내 울었다, 더듬더듬 문이 우리를 열었다, 손전등을 들고 계단을 내려서는 인생들끼리 밀고 밀리면서, 엘리베이터에 갇힌 여자 둘은 무사하다 했다, 아이는 금세 손전등과 아빠 신발 한 짝으로 놀이를 시작했지만, 사소하게 반짝이는 세계를 향해 나방만 날아다녔다, 소방차와 경찰차와 응급차가 육박해 왔지만, 분명히 전기를 기다렸는데 결국 무엇을 기다리는지 잊어버렸다

언어가 여백으로 숨는 풍경

이팝나무가 게으르게 그늘을 모은다, 그늘인가 하니 자기 동냥통보다 둥글게 말린 노인이다, 위에선 하얀 고봉밥 같은 꽃이 절정인데, 오래 침묵하는 동냥통에 관대한 세계여서, 스산한 뽕짝을 실은 트럭이 비껴간다, 주인 따라 산책하던 닥스훈트도 제 냄새를 남기고 간다, 시간을 펴 덮고 잘 줄 아는 노인만 남는다, 그 언젠가의 기쁨도 이미 다 빠져나간 노인의 너른 이마, 땀 한 방울이 그의 목덜미를 타고 내 등짝으로 흐른다, 과연 이 모든 것이 괜찮습니까, 층썐구름처럼 지나는 서울의 인파 속에서, 정갈한 보폭을 아는 발목들, 연습 없이도 아무렇지 않은 표정들, 침묵과 나만 서글퍼지는 정오에, 저편에선 바람의 손 전단지를 모으고, 가장 높은 눈부심일수록 동냥통의 깊이에서 멀어진다, 이야기로 이야기되지 않는 잠을 자는 노인은, 나무와 기타 등등의 그늘에 관해 면역이 센 우리는, 각색한 열망과 과민한 노래에 빚진 이 도시는, 내일의 내일엔 어디로 출근할 것인가, 언어가 여백으로 숨는 여기서

루틴한 생활

어둠과 상태

이른 저녁이 세탁소 장씨와 청과물 노점 할머니의 그
늘을 수거해 간다, 머리 누일 곳 없었던 예수처럼 오는
초저녁, 내 쓸개를 쓸어 본다, 하루 치 근심을 늘어뜨리
는가 싶던 마로니에도 비로소 얌전해진다, 유리창이 더
멀어지는 빛의 서자들을 산란한다, 투명에 가까울수록
슬픔이라지만, 그날의 초저녁은 우리의 그림자를 수거해
가지 않았다, 다만 우린 서로를 가여워하던 손을 밀어내
지 않았다, 식어 가는 눈길에 익숙할 수 없는 마음이었
고, 이제야 부드럽게 따뜻해지는 능선의 시절이 왔다, 뒤
늦게 기우는 것들이 우는 것들과 몸을 부빈다,

냄새와 윤곽

아버지에게 전화를 걸면, '떨어졌습니다'라는 말이 연
습이라도 했다는 듯 정갈하게 발음되고 나면, 침묵의 낱
장 하나 천천히 내려올 것이다, 이런 때에 생각나는 노래

들은 반복적으로 나를 사랑하고, 익숙한 후렴처럼 다시
이 느낌 앞으로 불려 나온 이는 절대 내가 아니다, 일몰
을 안에 숨기기 위해 먼저 어둑해진 에스프레소를 마셨
고, 나와 커피잔은 파문을 보듬는 세계의 윤곽이었음을
고백했다, 사랑을 해내는 마음을 알 것 같다, 내가 있는
화폭 안에 들어와 삼삼오오 쓰라린 것들, 나를 나에게서
결국 구할 수 있을까,

성장과 공포

훈훈한 결말이라 해서 본 영화가 진짜 무서워졌다
어른이 되었다

낙오

므두셀라에게 묻습니다
천년의 시절은 정말 아름다웠나요

문명의 허파를 찔러 보기 좋은 이름 없는 산에 올라,
가난을 향해 글썽이지 않는 영수증을 재차 구기면서, 이
시는 그렇게 쓴 것, 오랫동안 모든 뒷면에 쓴 시가 저를
아무 데로 데려가는 게임을 즐겼습니다만, 도무지 제게
로 와 번안되지 않는 사건들이 있습니다, 이 도시에선 분
양받을 수 없는 신축빌라 같은 관계만 지었군요, 불면
의 종점에선 한 무더기의 사람들이 여전한데, 냉정한 일
상을 미래로 유통하는 고압선에서, 저는 이탈한 전기이
군요, 지금 위험하군요, 팽팽한 세계엔 비빌 언덕이 없
다고, 저는 핑계처럼 여기입니다, 먼 산의 간호를 얼마나
더 받아야 하는 걸까요, 계약 해지 이메일이 오 분 간격
으로 재수신되는 이 마음을, 우리가 한 약속을 저만 기
억하는 도시에서, 다시 돌아오는 숫자들은 월초부터 연
말까지, 저를 살아 내야 하는 당신들인가요, 다시 므두
셀라에게 묻습니다

먼지의 천년은 누구의 기억으로 돌아갈까요

낙원상가(樂園喪家)

─늙은 기타리스트를 위하여

입구에선 날지 않는 새 저들끼리 동맹하네
노래가 추억을 골라먹기 직전의 풍경이네
모르는 사이 조금씩 솟는 전봇대
견고하게 지구를 고정해 보려 하지만
전선을 타고 내보낸 소식은 살아 오지 않네
여기서 음악으로 들어가 꿈을 돌아
그대에게 간 적 있네
먼지들이 앞다퉈 레코드판 스크래치를 보듬어 주네
늙은 기타리스트는 찬밥에 열무김치를 아작아작 먹네
밖에선 소리를 옮기는 바람들 대기하지만
다 비운 밥그릇에서 누룽지가 눌어붙는 풍경 쪽으로
그대가 접어 보낸 그때의 동정 도착하네
레스폴과 스트라토캐스터 사이에서
어떤 계기를 기다려 단박에 날아오르는 새 떼 편에
이 소릴 부치고 싶었네
다친 새의 날개를 바꿔 주고 싶은 날은 그렇게 오네
주인 잃고 주소마저 잃은 흉가에 살면서도
여전히 살아 오네

알 수 없는 소리로 읊다 보면 낙원이 될까 싶은 마음

늦게 등지는 마음

  어린이집에 아이를 보내고 아내는 더 어려졌다, 내 공부는 더 어려워졌다, 퇴근길이 초등학교 운동장 쪽으로 어리거나 어려워진 마음을 내몬다, 적도 없지만 적을 둘 곳도 없는 생애가 저편으로 쏠려 간다, 저녁을 잔뜩 묻힌 흙먼지와 어린 손들에 잔뜩 시달린 그네가 있다, 서로를 떨어낼 날을 향해 부지런히 가만히 있는 것들, 이렇게 진심이 잔상에 밟혀도 되는 걸까, 자리를 많이 차지하는 침묵에 전세를 내준 이 계절에, 바람 빠진 풍선이 퇴행적으로 굴러가는 날이어서, 낙서장엔 당신들의 계절에서 떨어져 나온 나의 계절, 이라고 쓴다, 배고픈 혀엔 이 잔상의 이름을 가르쳐 주지 않기로 한다

  it's fuuny how the music put times in perspective*
  그래 참 재밌지, 음악은 그 광경에 시간을 집어 놓고
  그래서 참 괴롭지, 하나님은 그 음악에 사람을 잡아
놓고

  오늘 여기서 부자가 된다, 내 사연이 이 바람을 앞서

누자베스**가 드리운 그늘을 괴롭히는데

* 누자베스(Nujabes)의 「Luv(sic) Pt.3」 가사 중 일부
** 2010년 서른일곱의 나이에 요절한 일본의 힙합 프로듀서이자 DJ

다음 계절에서의 출근

지하철이 인연에서 늦다
장국영이 발 없는 새로 온다

어제처럼
그제만큼

조간신문은 후회보다 느리고
비둘기는 구름에서 멀고
행선지는 커피에서 녹고
괭이밥은 여름보다 빠르고
마지막 퇴근은 벌써 며칠 전이다

당신들에게서 태어난 한 시선이 죽으면
내일은 다른 노래가 유행할 텐데

이젠 다시 어디를 향해야 하나

이번 역은 우리 열차의 종착역인 너도나도, 너도나도

역입니다. 내릴 때에는 차 안에 두고 내리는 미련이 없는
지 다시 한 번 살펴보시기 바랍니다. 오늘도 철도를 이용
해 주셔서 고맙습니다. 안녕히 가십시오.

돼지머리눌린고기

—너의 빈소에서

오늘은 늦도록 네온사인이 눈뜨지 않았다, 창백한 벽
어중간한 높이에서 정장 윗도리들만 서로를 걸고 물었
다, 오랜 섬들이 모였다, 화환 뒤에서 환한 친구를 두고
풍화의 흔적을 견줬다, 누군가 새끼 공룡이 물풍선에 갇
혀 죽던 오락실을 이야기했다, 헛웃음의 성량만큼 다음
순간의 침묵이 무서웠다, 사라다를 씹을 때마다 기억 하
나씩 태어나거나 사라졌다, 처음 생각난 말은 그다음 감
정에 밟혔다, 너무 가까우면 갑작스러워서, 우린 각자의
저기 어딘가가 되었다, 부대낌에 무방비인 초겨울 가지들
처럼, 조근조근 허공을 들이켜는 마음들, 청순했던 내장
들이 씹히는 소리, 침묵을 옮겨 나르는 눈동자들

친구여, 바람이 태어나던 집으로 돌아갔는가, 달칵달
칵 끙음을 내던 파란 대문, 눈 감으면 거기 거실 벽시계
삼십 년 전의 너를 이고 흔들린다, 거기서 부자여서 좋겠
다, 이제는 감정과 미래를 탈루당한 표정들에 관해,

날파리가 손등의 각질을 문지른다, 삶에 붙은 굳은 죽

음을 간질인다, 잘 가라

우담바라

책상의 시간으로 오는 문장을 사랑했다, 철학의 서랍
을 여닫으며 질문의 애인들과 동거를 시작했다, 미래, 미
래, 하고 발음하면 두 번째 사랑의 발목만큼 세계가 요
염해졌다, 사랑 없이 논문이 잉태되기도 했지만, 가난과
중고 책 밑줄을 부지런히 교배시키면서, 미래를 먼저 만
지고 온 문장에 하숙하면서, 신앙을 쌓았다, 이런저런
사이, 그런저런 사정에 커피포트에서 전셋집도 없는 결
혼이 끓는 지금까지, 잘못 뺀 밑장처럼 아들도 태어났는
데

그 무렵 우리의 유행어는 다른 살림살이를 약속하거
나 틀림없이 학술적이었다, 카퍼필드처럼 어느 대학의 담
장이나 통과할 수 있다고 믿어졌다, 다만 나의 동해에선
항상 엘니뇨가, 서해에선 라니냐가 들이닥쳤다, 잠과 머
리카락이 정수리에서 썰물처럼 빠져나갔다, 태풍을 피해
창문을 닫으면 방 안이 한파였다, 생계가 나를 깨우는
새벽이면, 저편으로 질질 끌려가 사라지는 별들을 생각
했다, 우리 세기를 위협하는 위기의 전모를 먼 우주에서

발견하는 식으로

　불경엔 삼천 년 만에 한 번 피는 꽃이 있다는데, 정녕
나는 지금 불경스러운가, 한없이

아무도 죽지 않는 밤

> 다른 사람의 삶의 방식에 대한 철저한 무지는
> 주로 강자의 특권이다.—콰미 앤서니 애피아

술잔과 내가 쓴 글이 몇 번 돈다, 교수가 못된 선배와 못된 교수가 된 후배 사이, 먹지 않고도 취하는 술과 몇 번 다툰 적 있다. 지금 집에선 미키마우스 인형을 끼고 잠들었을 아들이 있고, 단지 운이 나빠 제때 기울지 못하는 달이 있다, 실제 무게보다 홀쭉해진 노래를 나만 들리게 부른다, 민트색 치마를 입은 달력 모델이 따라 부른다, '어쨌든지', '되는대로'를 이기지 못하는 마음이 있고, 그 마음 곁에선 잠들 수 없는 성경 구절이 있다, 보이지 않아 없다고 믿어지는 별들에겐 미안하지만, 아들에게 가르쳐 줄 수 없는 문장만 계속 축낸다, 함께 자주 부르던 노래를 다 잊은 선후배 곁에서, 언젠가 본 장면을 본다, 사직서를 요구받던 저녁과 여기 사이의 화음이 꼭 맞다, 외할머니 손에 크는 아들의 미래가 축축해질 무렵에, 모기 소리를 향해 휘젓는 손바닥에 아무도 죽지 않는 밤에

서울 누아르

한동안 바바리코트 옷깃을 세웠다, 커피와 마카롱과 웃음을 팔았다, 그 많던 계획들이 사체로 발견될 무렵, 내일이 송치됐다, 통장 마지막 눈금이 단출해질 때까지, 가게는 팔리지 않았다, 〈영웅본색〉에선 아무도 죽지 않는데, 세계는 변색되고 있었다, 주인 게으른 가게 메뉴판처럼, 그사이 몇몇 친구를 잃었다, 카페 레일조명 빛살은 어제와 같은데, 지금은 서글픈 미드나잇, 빛의 무게에도 멍드는 벌레들이 있다, 함부로 시를 쓰거나 총구를 겨누기 좋은 시간, 관객은 한 테이블, 〈첩혈쌍웅〉에 나온 저격총이 드라그노프였는지 레밍턴이었는지, 집비둘기와 나의 서식지가 겹치는 나날에, 진작 알았어야 했다, 오늘처럼 호젓한 뒷골목에서도 음모가 돌고, 외로운 판촉용 슬로건만 시름시름 앓아 왔던 것, 〈중경삼림〉은 누아르가 아니어서, 길 건너 햄버거가게 알바생과는 종종 밀담을 나누지만, 추억은 끝내 반환됐다, 대학가 어느 새 점포에선 풍선인형이 아직도 헛바람을 모으는데, 처음이라는 듯 함부로 꺾이는 무릎관절을 부여잡고, 바다를 꿈꿨으나 산에 도착해 음미하는 미드나잇

해고
—Do! Go!

당신으로 가 각색된 사연 때문에 지난 계절이 절뚝이는 때라서, 여기의 날카로운 그믐이 거기선 둥글어진다는 학설을 믿는다, 당신 외벽의 금 간 자리는 일개미의 생애가 숨던 자리, 냉면집 입간판과 사람 없는 골목 외등이 바람 한 줄을 두고 다투는데, 가까이 두고 불러내던 내 진심은 당신의 놀이터에서 빙빙, 메리고라운드, 빙빙, 메리고라운드, 벼르고 또 별렀던 나는 결국 진상, 바라고 또 바랐으나 남은 건 이 잔상, 내일까지만 내 것인 이 책상에 대해, 내일까지만 사실인 내 명함에 대해, 다만 나는 가능성에 초록 칠을 하는 여름에 기대, 천 리밖으로 아득해지는 사랑에 대해, 기도문이 어제를 수습하기 벅차 균형을 잃은 저녁에 대해

이미 흔들려 왔으나 당장은 명랑한 영혼이여, 처음 느낀 내 안의 뼈들이여, 명석한 세계는 언제든 답장을 않고, 내 것이 아닌 모든 추억은 왜 마지막에 나를 다르게 발음하고 죽는가

하차

오늘 보니 젓가락이 휘어 있다, 반찬보다 먼저 흘러내
리는 어제의 다짐, 몇 번을 읽은 만화책이 등을 돌리자,
늦은 밤 현관문이 겨울 쪽으로 몸을 연다, 평균적 생활
이라는 믿음, 아파트상가 삼층 개척교회를 지나다가, 본
다, 마지막 신자를 잃은 지 오랜 것들, 희한한 회한에 대
해, 음지와 극지를 오가다 날개를 접은 철새에 대해, 건
들바람이 황량한 겨드랑이를 확인하고 가고, 슬리퍼가
나를 고쳐 신는다, 야간업소 포스터 속 오빠도 이리저리
돌아 눕는 밤에, 온종일 기다림을 짓는 버스정류장으로,
돌과 마음의 자리를 툭툭 옮겨 가면서, 마중 간다, 자꾸
얼어붙는 예언 쪽에서 한 여자를 떼어 내며, 걸음마다
고이는 것이 두렵다, 굴뚝 위 난쟁이의 표정을 향해 꽃마
리가 흔들리는 시간에, 드디어 막차가 어둠을 토한다, 모
두 내게로 쏟아지는 것들, 처녀 때부터 입던 외투를 걸
친 여자는 거기서, 비도 눈도 아닌 것을 괜스레 털고 있
는데, 미소를 흉내 내는 저 안간힘의 이유들이여,

피서

─심사 결과를 붙임과 같이 안내합니다

한동안 더듬이가 폭죽으로 터지는 과녁을 찾았다, 하루에도 몇 번 구름의 속내를 뒤지다 왔다(암전/페이드인), 참개구리 울음주머니 안에서 공납금이 자꾸 부푼다, 자연 다큐멘터리조차 믿지 않은 지 오래다, 되돌아온 택배 상자는 열지 않고 그대로 둔다, 사이즈 안 맞는 옷처럼 반품된 마음이 세계에 예의를 요구한다, 그때마다 오래된 통기타를 꺼내 종교의 탄생을 조율한다(줌아웃), 생계의 저음에서 과거 지향적 문명이 탄생한다, 어느 카페가 늙은 골목에서 쓰러졌다, 강의와 강의 사이로 뻗어지면 엉덩이를 접안할 곳도 이제 없다(핸드헬드 쇼트), 세계의 소문과 이력서의 집열판 곁으로 거짓말이 모였다, 유언을 닮은 방언들이 통성기도를 장악했다, 들리는 노래마다 첫사랑의 온도를 앞질렀다, 드라마에선 기적이 마지막까지 불 꺼지지 않는 집을 덮치기도 하는데, 텔레비전이 나쁜 드라마를 권할 때 알았어야 했다(틸트업), 여긴 '피서'라고 발음하면 불알까지 얼어붙는, 과연 그 세계(익스트림 롱쇼트)

2부

화양연화

바람의 환유

미닫이문을 가진 텔레비전 옆에서 남매가 위인전을 읽는다, 다이얼과 그리움을 돌리던 전화기가 있고, 결국 제자리를 찾아 되돌아가는 세계의 질서가 있다

가정통신문을 처음 본 아버지의 표정처럼, 밀가루와 소다와 사카린은 갑자기 더워지곤 했다, 곤로를 지키던 석유가 간 보던 냄새나는 밤들, 양은냄비 바닥에 들러붙던 '소년중앙'의 소녀들, 늦가을 볏단처럼 쉬이 쓰러지던 칫솔모들, 지레 겁먹고 떨어지던 앵두들, 태풍의 빗질을 견딘 여름에서 뒤늦게 울어 대던 나팔꽃들

어머니, 된장국은 이제 그만 먹어요, 밤새 후달린 탱자나무가 가시를 내는 소리들, 오늘은 코스모스 꽃잎을 오므려 벌을 많이 잡았어요, 발에 맞지 않는 흰 고무신이 뒤꿈치를 때리는 소리와 놀았지요, 별들이 사람의 어깨에 가깝던 무렵이어서, 돈부과자처럼 어둑한 얼굴로 들어오시다가도 한순간 미간에 천국을 켜시던 젊은 아버지, 아랫목 이불 속에서 엎어진 고봉밥을 천천히 드시

던, 된장국 저 바닥 쪽으로 오래 가라앉던 눈, 젊은 아
버지에게 그때는 물을 수 없던 것들

　굳은살을 문지르다 오래 외롭게 둔 마음의 무늬를 쓰
다듬는다, 어린 남매의 입에 함부로 박히던 동요가 냉
엄한 표정으로 온다, 여린 목울대에서 태어난 꿈이 낡은
교회 들창만 들이박다 간다, 날아간다, 아직도 기억에
세 들어 사는 거기를 오가는 제비들, 남겨 놓고 간 집으
로만 모이는, 바람

오래된 새벽

그때 흘린 내 살비듬 아직 그 방구석에 있나요, 살비듬엔 살비듬만 한 추억이 실려 있을까요, 떨어지는 빗방울이 처음 듣는 언어로 흩어집니다, 흩어진 언어 몇 개가 창문을 넘어오려고 애를 씁니다, 새벽으로 끓는 로즈메리 차 아래로, 그 무렵 그대와 본 귀신새의 울음이 가라앉습니다, 지금은 몹쓸 기억이 온도계의 눈금과 어느 영혼에서 떨어져 나온 구름을 지상으로 당기는 새벽, 덧문을 열면 다시 덧문이던 집이었고, 간절한 기도로도 끝내 덥히지 못한 속내는 여전히 천장무늬로 어지럽습니다, 집주인을 닮은 노래를 좇다 보면 기타가 새벽별을 튕기던 시절, 그림자가 아직은 그림자와 몸을 비비겠다는 그때 같은 새벽이어서

유해

안경을 선물해 주고 간 여자가 있었다, 아버지가 싫어하는 남자를 견디다 열대야가 된 사람, 그해 석모도의 밤은 1982년산 야마하 기타 사운드홀에 잠들었다, 황벽나무 잎들은 한 방향으로 껄떡댔고, 친해진 언덕배기는 섬이 될 사람의 물길을 비정기적으로 누설했다, 사람의 마을을 등진 산모기들은 제 무늬를 숨기지 않았다, 스프링 오선지 노트 갈피에 노래와 여자를 끼울 때, 해풍이 마음을 멀리 돌면 슬픔이었다, 언제든지 튕겨 나갈 기세인 모든 것의 표정으로, 갯벌만 속으로 사각게 집게다리를 벼렸다, 예정에 없이 오래 머무는 사람들에 성가신 섬의 밤, 보문사를 향하지 않고도 갈매기는 해탈을 배웠다, 시력을 바꾼 남자에게 바뀐 안색을 들켜 버린 여자가 있었다

서랍의 어느 모르는 지층에서
코받침이 고장 난 안경과
한 주검이 발굴되었을 뿐이다

이 새벽 어느 성단에선 초신성의 폭발이 관측되고 있
겠다

간척

보리밭에 누운 바람, 엄마로 간 소녀, 서로를 간척한다

엄마와 엄마의 고향이 서로를 디딘다, 지척에선 망각
을 힐난하는 햇살들, 먼발치엔 가난과 구름, 수문 근처
갯장어가 감아쥐던 여리디여린 발목, 복고적인 미래에서
다시 필 냉이

예당평야, 하면 침묵이 엄마를 발음하는 여기서, 엄마
와 두 시의 숲이 서로를 당긴다, 홧김에 부르던 이름들,
거친 언어에 쓸려 나간 몰골들, 잠자리 날개의 문양에
돋는 치욕이거나 식욕, 치욕에 부딪치던 식욕, 소달구지
에 덧댄 내일은 아닌 여기서, 일제히 치렁거리는 들판

한때 마을이 있던 자리에서, 오래전에 무너진 사람들
을, 수문 대신 소문의 몸이 도사리는 집터, 허공을 물어
오는 철새, 바다 내음 흥건한 환영에 사는 교복 입은 오
빠들, 우울과 수풀 사이로 나뒹구는 바람이 있고, 바람
이 뒤채는 갈대에 갈 데를 묻는다, 물어본다, 다시 세울

수 없는 역사, 여기를 떠난 꽃씨와 기타 등등의 야사, 서
로를 가장자리로 만드는 허공과 소문의 집에서

　엄마를, 툇마루에 엎드린 엄마 이전을 본다, 낡은 양
은주전자가 뚜껑을 밀어 대는 소리가 있고, 일찍 하루를
단념하는 백색왜성, 가뭄에 갈라진 논바닥 틈, 하나님의
은신처를 수소문하던 미꾸라지들, 오빠와 남동생 사이
암전에서 태어나, 어쩐지 졸업장을 못 만날 계절로 자라
나, 돌아보면 수평이 되는 평화였지만, 부모 아닌 어른만
흉내 내던 날들, 주름의 빈들

　엄마가 냇가로 들어간다, 노송 껍질 같은 발목에 치대
는 개울 물소리, 여태 돌보지 않은 묘지 돌아눕는 시간
에, 여기 보리밭을 넘지 못한 것들, 이를테면 얼굴 지워
진 친구의 하모니카 소리, 까까머리 가쿠란의 성가 소리,
각별한 높이에서 일어난 꿈과, 부서지는 금과, 가고 서고
를 반복하면 사라지는 길을 두고

보리밭과 바람과 소녀로 간 엄마가

자취

　시골 모텔 방 무드등이 껌벅이다 꺼진다, 출장 온 이유가 캄캄해진다, 그러다가 대신 켜진 건 스물둘 자취방의 천장등, 그날 밤으로 다시 업혀 오는 너, 쓰러진 자세로 들어오던 빨간 구두, 너의 체크무늬 치마를 두고 엉망진창 숨은 건 무엇이었을까, 익숙한 발음일 테지만, 너에게 들키고픈 언어를 오래 연습했었는데, 다음 순간의 네 표정에 완성될 노래 하나를 기대했었는데, 분명한 건 내 방에 과분한 향기가 났었단 것, 캄브리아기 풍경 같던 네 숨소리가 있었단 것, 창문이 나를 열 때 발전적으로 식는 안개를 보며, 거미가 제 욕망에 그은 밑줄로 집을 삼듯이, 아무 일 없냐고 마중 나온 금성, 사도신경을 외는 청춘의 밑동을 엄마와 누나가 번갈아 쓰다듬었고, 그렇게 온 새벽을 썰며 반듯하게 제 길을 내던 장대비, 오늘은 그 무렵의 내 음정으로 범람해 오는 부끄러움을 조율한다, 개구리가 낡은 창밖에서 우우 하는 밤, 여린 바람이 먼 산 안주머니를 여닫는 이때에

서성이는 묘지

벌초를 끝내자 단정한 죽음이 뒤챈다
먼 길 돌아가야 하는 여름밤이어서
풀벌레가 나를 불러 세우는 간격으로
살 오른 불안이 그때의 부음을 다시 앓는다

만약이란 약을 종종 복용해 왔다

오늘은 내가 사라진 이후의 우주에 대해
생각한다, 안으론 가뭄이었으나 물푸레나무처럼
이라고 쓰인 묘비명을 중얼거린다
자기가 모르는 시간에 이빨을 가는 영혼이 있었노라고
허나 자격 없는 그리움 한 줌 받았으므로
괜찮다, 하고 얼버무리자 하산하는 길이 정연하다

연필심이 부러지고 나서야
끄적이는 일을 생각하듯이

낡은 터미널엔 매미가 몸 뒤채며 지핀 가냘픈 바람

외등 곁에선 용케 부딪치지 않고 서로를 흠모하는 벌
레들
자물쇠 채워진 자전거만 홀로 시간의 귀를 쓰다듬고
있다
자물쇠도 걸어 놓지 않은 마음에 관해
항상 기다림을 연습하던 엄마에 대해
이미 돌아가는 버스에 올라타야 할 시간이지만

오지 않는 버스와
오지 않을 버스에 탄 사람에 대해

누구든 이름 붙여지기 전의 섬처럼 남겨진다
나와 이 여름밤을 여기 두고 간 사람아

돌아 섬

두 방향의 그림자를 거느린 전봇대 아래서
분명한 이유라 하여 비스듬히 들었지

공룡의 멸종도 한순간이었을까
네 창백한 목덜미에 부딪친 운석은 무엇이었을까

멀어짐의 간격을 깨우는 네 뒤꿈치
플랫슈즈를 자꾸 벗어나는 이미 굳은 시간들
모퉁이와 공기가 서로를 향해 날카로워지는 저녁에

여긴 한 번도 열어젖히지 못한 꽃집 문 앞
댄스곡마저 블루지하게 흘리고 가는 바람이 있고
어제 이루지 못한 문장을 향해
맹렬하게 화창한 프리지어가 있다

해적판 소설 속 낙서 많은 어느 간지와 함께
능숙하게 다시 뜯길 나날들

여여정사를 듣다

언 겨울을 눕히기 위해 찾아 들른 여여정사

싸락눈은 먼 산부터 흔들어 재우고
화석이 된 재즈 몇 개만 여기를 뒤적인다
길섶에선 누군가의 퇴비가 되면 좋을 시간이 쌓인다
내가 저녁으로 숨어드는 광경을 겨울새가 지켜본다
눈동자를 들키지 않는 동자승들은 알지도 모른다
풍경을 곤경으로 돌이킨 건 당신이 아니었다
지금은 오랜 우리의 疼痛을 음악으로 유배 보내기 좋
은 시간
산을 좋아하지만, 다른 산에 박수 치는 부모 밑에서
태어나
작은 바위도 우회하는 냇물 곁에 살았다

사리 같은 눈송이 사이에서 싸락싸락 돌이키는 걸음
을 들킨다
다른 길 쪽으로 나를 몰아세우던 겨울이
나였을까, 바람이었을까

두 번째 흑산도

어제보다 둥글어진 몽돌을 만져 봅니다
난바다가 꾹꾹 눌러 담은 별들의 냄새인가
하니 저녁 공기가 억측에 쏘인 사건을 일으킵니다
오래 잊힌 연애편지의 어디쯤에서
내 심장 밑 대문 빗장이 풀리는 밤입니다

여기서 바다를 밀어 대면 내가 열릴 것도 같다
하고 그날도 생각했더랬습니다
멀리 보이는 빛에 빚을 많이 진 인생
하고 쓰면 아픔이 지워지는 해변이어서
멀찍이 나를 보던 당신이 내 눈을 비비고 갑니다
그때처럼 배와 바다는, 그대와 나는
닿았다가, 닮았다가, 닳았구나 해 봅니다

제 집 찾지 못해 죽은 벌레들, 이라고 쓰자
그대와 내가 우리에게서 지워질 것만 같아
과연 흑산도의 저녁입니다
등대와 추위가 서로를 할퀴면 어스름이어서

두 사람이 두 갈래의 꿈으로 어둠을 덮습니다
풍경이 생각을 데리고 잊힐 기억으로 갑니다

멀어지는 육지를 두고 닫히지 않았을 눈들
허공을 섞던 손들, 기어이
간격을 만들 다음 날 아침이 공포스러워
남김없이 서글퍼질 작정으로 서글서글 웃어 줬습니다

오늘은 작은 흰배지빠귀가 제 몸을 쪼아 댑니다
아직도 여기서 찔리는 마음이 있습니다

미확인비행물체

당신이 알던 퉁퉁거리던 세탁기가 이제는 절름거립니다, 봄에 시든 노래를 다시 꺼내 손빨래합니다, 오 분쯤 늦게 핏대를 세우는 괘종시계가 있고, 형편없게 쓴 시를 함부로 바로잡지 않는 요즘입니다, 선물로 받은 목각인형이 어제보다 닳아집니다, 핍진한 당신의 세계엔 먼지처럼 내 언어도 쌓였겠지요, 아무거나 집어먹은 서랍은 아침부터 아래턱을 내밀고 있습니다, 생각납니다, 링링, 당신의 주름치마로 엎어진 태풍 이름도 아름다웠으니, 그날 이후 열대성 저기압을 두려워 않습니다, 어떤 지도에선 들키지 않을 내부를 가진 아마존이 탄생하고, 거기로 가는 행로에서 희미해지는 오늘에 관해

초면에 당신은 UFO를 본 적 있냐고 물었습니다, 지금 방 안에 들어온 풀모기도 생경한 문장을 물어 옵니다, 적확한 고독이 주말드라마의 엔딩크레딧을 핥는 밤일 뿐입니다, 인내심 없이 내린 에스프레소로 형광등이 잔별처럼 미끄러집니다, 대기업 회장의 혼외자녀는 얼굴이 없고, 아버지를 찾는 필리피노는 표정이 없습니다, 그

래도 저와 며칠 동거한 벌레의 이름을 결국 되찾아 주었습니다, 톱가슴머리대장, 어제보다 더 붉거나 더 뾰족해지는 세월이 거기 있군요, 누구에게나 처음인 듯 불러 세우고 나면, 당신과 열어 보던 창 너머로는 여전히 교회 첨탑이 가까운데

태양계에서 탈락한 명왕성 곁으로 숨은 UFO에게

청승

닳아진 문턱을 사이에 두고 연탄과 웃음이 눅눅해집니다

버려질 무덤 위에선 으아리꽃이 핍니다

화덕의 목구멍을 긁어 대던 부지깽이는 어디로 갔을까요

풀무치는 아직 소녀의 일기장에 마음 비비고 있을까요

마중물 펌프 손잡이로 덜컥덜컥 울던 바람의 편에

무게를 모르는 문장들로 홍수였던 마음을 부칩니다

달맞이꽃과 갈퀴나물은 지금도 서로의 안쪽을 막아설 테죠

그때 소독차를 쫓던 아이는 아직도 뒤처짐을 다 배우지 못했습니다

박수 치던 옛이야기 하나 둘 캄캄해지는 힘으로

억새는 제 과거를 남녘으로 누입니다

안녕한가요, 부엌에 걸린 국자 구부정 다시 웅크리는 겨울밤은

근엄한 표정의 짱돌이 빈손을 가만히 쥐기도 하는 거기로부터

헛간에서 헛간으로 살면 계절이 바뀌는 신비여
아무도 아무에게 빚지지 않았으니

보길도
ㅡ사연을 들(이)켰다

주인에게 가지 못한 사연들에서 한동안 숨지 못했다

원양어선을 타는 아버지를 둔 소녀가 있었고
사랑을 공평하게 나누지 못하는 마음이 있었다
친구에게 시집갔다가 아이를 놓고 나온 여자가 있었고
꽃 피는 계절로는 부치지 못한 흉금이 있었다

혓바닥 돌기가 선사시대 문양처럼 돋던 밤
입천장을 문지르자 한 표정과 많은 죄가 한꺼번에 일
어났다
뭐든 하지 않으면 안 되는 마음 쪽에서 배가 나를 밀
었다

쉬어 보지 못한 마음이 떠나보내기 좋은 사람을 인양
했다
깊숙한 곳을 향해 비를 부르는 날들에 대해
그날들이 빚은 사연을 보길도가 들이켰다

그렇게 여관에 땀을 놓고 간 숱한 사연들도
하나둘 바다를 밀고 아무에게서 등졌을 것이다
방금 닦은 자리를 또 닦는 물머리를 두고
갯패랭이꽃 멀리 돌아간 사람을 배웅하는데

동박나무만 동박새의 기척에 한 번씩 소스라친다
이제는 잊을 만한 이름이 구름을 당겨 와 귓불을 빨
아 댄다

나와 나였던 것 사이의 경계에 닿은 해무
한동안 움직이지 못한다

귀지

한 소리가 거기서 나오지 않는다

안에서 빙벽이 돋았고
소리는 그 계절에 갇혔다
벼려 세운 문장에게도 허락되지 않는 이별에서
골목은 굽어졌고 리어카는 기울었다
이정표는 녹슬었고 길은 지워졌다

긴 밤을 간질일 줄 아는 고양이가 우는데
저만치 비밀로 굳은 마음에서

한때 그대 몸 안 폐가를 보수하던 환희여
벼락으로 후벼 파도 당당하던 다짐이여

그맘때

　다시 겨울이 지나고 그맘때가 될 것이다, 완력이 센 질투와 관계를 시작했고, 이듬해 그녀는 떠났다, 그해의 휴대전화 송신음은 유독 저들끼리 이어지거나 틈틈이 침묵했다, 가루눈끼리 서로를 떠나는 연습을 하는 공중에서, 수시로 태어나던 예언들, 내가 모르는 너의 나와 소소리바람이 내통하는 사이, 전봇대 아래로 쌓이는 시간을 마구 헤치는 유기견이 있었다고만 하겠다, 점심을 마구 놓치는 시절이 한 번쯤 있다면, 나와 나의 너는 그맘때에 아직 사는 걸까, 가령 함부로 쓴 오늘의 시가 어제 각색한 시를 다시 각색하다 내일 죽는 그맘때에, 각오와 독신주의가 서로를 고쳐 쓰는 동안, 이후로 태어날 손발 없는 분투를 알 것도 같은데, 오래 찾지 않은 집 출입문 비밀번호 같은 내일이어서

눈과 소리

바람이 바지춤을 푼다, 아무 데도 가닿을 곳 없는 때
까치를 싸리눈이 본다, 너의 미소 반대편에 사글셋방이
있고, 한 이십 년쯤 전에 한 이틀 살았던 눈사람이 있다,
하루는 눈사람에게 물었다, 홀로 견딘다는 것은 무엇입
니까, 계속 체온이 오르는 지구의 공터에서, 눈을 맞기
도 전에, 눈 맞기도 전에, 눈사람이라는 것은 무엇입니
까, 내 발목에 오줌이나 누고 돌아서던 개와 사람, 멸시
를 보듬는 문장을 이마에 박고서, 눈물이 아니라 몸물
을 흘리는 나는 누구입니까, 모르는 사이 머리핀만 떨어
뜨리고 간 배려, 이런 날 자꾸 가늘어지는 나의 왼팔, 멀
리서 관두는 사람을 가만히 놔두는 습관 쪽에서, 쉽게
소멸되는 우주를 비추는 마음이란 이런 것입니까, 소리
와 침묵이 닮는 저 표정

밤·밤

듣고 있니, 그때처럼 사과나무 붉어지는 소리, 아무도 모르게 오가던 마음을 여기 걸어 두려 해, 지구와 나 사이에서 너를 고정할 말들을 찾았었는데, 찾아 주지 않아도 미안해하지 않는 별들과, 각자의 달을 보다 잠들던 날들, 한때의 노래는 한 마음 곁에서 캐러멜처럼, 지금 녹고 있는 이름들을 우린 언제부터 알았을까, 이젠 다 잃었을까, 그 세월 녹록지 않았을 널 닮은 별을 쬐면서, 오래 닦지 않은 슬픔 위를 걸어 보려 해, 개들이 제 주인의 멍든 세계를 발음하다 잠드는 밤이어서, 나뒹구는 사연들이 하나의 얼굴로 흩어지는 때여서, 야윈 달을 밀고 가는 희디흰 언어 편에 서서, 사과나무 옆에선 잠들 수 없는 마음을 오래 지켜보려 해, 사소한 소란을 이고 한 잎사귀에 오래 웅크린 깍지벌레, 아직인가 내다보고 싶은 찰나에서 실종된 너

다세대 주택

마지막이라 믿었던 방에서 당신이 떠난다 합니다

빈방이 늘어나면서 청소가 걱정입니다

앞서 비운 방들로부터 여전히 다른 색 음악이 새어 나
오는데

당신도 당신의 음악을 두고 여길 벗어난다 합니다

방마다 다른 벽지의 다세대 주택인 셈이어서

미로가 된 사연을 이야기로 풀자니

언어로는 철거할 수 없는 구조물들이 다음 사연을 막
아섭니다

요즘엔 방을 옮겨 다니며 세월을 거느립니다

방과 방 사이, 엄정한 국경엔 흉물스러운 형용사들이
쌓였더군요

덜 식은 문장들은 민중가요처럼 혹사당하겠습니다

그런 문장 뒤로 숨은 당신들을 찾다가 발효된 각오들
을 압니다

방마다 걸린 달력엔 붉은 해변이나 흰 사막 사진이 있
고

시간에 변색된 음악의 힘으로 뒤쫓아 보지만

되돌아오지 않을 발자국들은
수평선이건 지평선이건 넘었다 하겠습니다

다정하게 말하는

다정하게 말하는 웨이터가 가고 나니, 오래 울어 본 사람의 먼 웃음이 내 안을 여닫습니다, 뒤늦게 켜진 앤티크 탁자 촛불이 모든 구석을 흔들리게 하는 저녁입니다, 얼마 만에 만났나요, 하니 한 적막이 두 개의 암전으로 죽은 한 겨울밤을, 가까운 쇼윈도에 어떤 깊이가 문질러지고 있습니다, 다른 남자와 결혼한 이 세계의 첫사랑들은 대개 무례하지 않고, 좀처럼 들뜨지 않는 저를 대신해 벽시계 눈금이 첫 키스의 감각을 정확히 밟습니다, 다른 여자와 결혼한 남자가 주문을 서두르지 않는 저녁이어서, 두꺼워진 어둠이 어색한 표정들을 두고 출출합니다, 여기는 둘이 들어가 돈가스 한 개를 나눠 먹던 시절이 썰리던 곳, 레스토랑이라고 부르면 그 냄새가 나지 않는 경양식집, 당신에게 어울리지 않는 당신이 되어 버렸다고, 오래된 거울이 나를 앓습니다, 데면데면 차이를 핥는 당신 태도 중간에서, 한 줄기 촛농이 한동안 잊었던 영화와 몇 갈래로 갈라지던 꿈을 데리고 하강합니다, 오른손엔 나이프와 나이스한 예의가, 왼손엔 너무 폭 구워진 고깃덩어리가 질긴 인연을 청구하는, 어디

로도 흐르지 않을 날들이 당신 속눈썹의 밀도를 세세히
일깨우는 이때에, 다정하게 헤어지는 게 그리 어렵던가
요

다정하게 말하는 웨이터처럼 그대 가고 나면,

당신이라는 모서리

우리는 점점 변온동물이 되었다
당신은 나의 모서리를 몇 개 더 만들었고
오로지 그 모서리를 감추기 위해
한 사연을 처음 보는 사연과 함부로 용접했다
무심한 눈송이들은 돌아다니며 사이를 만들었고
바람은 훼방 놓을 수 없는 거리를 청구했다
서로에게서 퇴근하는 마음으로 집에 돌아왔고
누우면 천장무늬가 모든 원인을 각색했다
돌연 물려받은 가난이 현행범으로 체포되었고
그러면 모서리들이 사라졌단 믿음으로
한동안 잡스러운 노래를 수집하는 집시나
도굴된 문장에 밑줄을 긋는 수험생이 되었다
당신은 무고한 사연들 안에 새로운 양식의 성(城)을 세
웠고
낯선 윤곽의 모서리에 부딪쳐 보기 위해
또 나는 숱한 사이와 거리를 계측했다
장마가 끝나면 폭설이 오는 계절에서 그렇게
우리는 서로의 남루한 기저(基底)가 되었다

서로에게서 서로의 부음을 얻어 내기 위해
각자의 무덤 곁에 더 날카로운 모서리로 서던 날
우린 이제 죽음의 다른 경향으로 추서되었다

지금도 어느 사이와 거리에 서면
부를 때마다 다른 몰골의 유령으로 오는
당신이라는 아픈 모서리

무교동

너는 그런 때 세기말을 말했고
나는 한 종교를 잃었다

아직 작별 중인 사람들이 여기 아닌 곳에도 많다고
생각했다, 생각이란 것을 해내야 했다
매미가 사라진 후에도 어떤 매미 울음은 몇 개의 계절
을 살아 내고
종교가 사라진 이후에도 신앙은 영원을 견주곤 한다
수천의 저녁을 마신 표정으로
나를 떠난 농담들이 영영 고향을 등진 줄 알면서도
여긴 사람이 버린 사람들이 사람을 벼르는 거리
이곳저곳에서 터져 나오는 음악을 함부로 담던 네가
유난히 세게 말하던 날에 다시 이르고자 하면
나는 한 줌 먼지들이 먼지가 아니었던 시절을 사랑하
게 된다
나와 오늘은, 무교동 은행나무에 옹이로 숨던 상징처
럼
초겨울 진열대 위에서 추위를 견디려 둥글어진다

그때 네가 움켜 딴 마지막 말에
신앙에 매달린 기적이 기울어지는 날에

생활의 북쪽

사진을 반으로 접자 절취선 저편으로 숨는 얼굴
고장 난 손목시계와 함께 멈춘 시간
엊그제 판 명함에서 벌써 방을 뺀 글자들
안목 없는 남편을 둔 여자는 벌써 어머니가 되고

사랑이 나를 할 수 있을까

옮기기 위해 발명된 직장이어서
깎이기 위해 계산적으로 자란 손톱과 봉급이어서
생활의 북쪽에서 서정시와 욕설이 서로를 허락한다

어제처럼 저녁이 바지춤을 내렸는데
도시의 음모를 전에도 본 적 있어서

이렇게 지는구나, 사람들아

과연 참혹하게 아름다운 영화였고
가이사에게 줄 가이사의 것을 찾다가

사랑에 져 주던 마음이 진다

3부

멀홀랜드 드라이브

말라기

할아버지 돌아가시고 지구를 생각한다, 정기적으로 교체되는 인생을 살갗 깊숙이 숨기느라 지구는 얼마나 바쁜 것일까, 하루에 한 번 빙글 도는 지구 때문에, 새들은 제 하늘을 기억하기 위해, 할머니는 검은 옷을 벗고 수제비를 끓인다, 비 갠 후 저녁 나무들이 말랑말랑해진다, 하나님의 편지를 뚝뚝 떨군다, 거기서 태어났을까, 투명한 벌레들이 처음 보는 음정으로 부르는 복음성가, 나에게로 돌아오는 걸 주저한다, 이런 저녁에 후루룩 삼켜지는 수제비의 눈치를 보다 보면, 들린다, 창문만 한 바깥 세계가 두서없을 내일을 미리 삭이는 마음, 구김살 없는 안방의 꽃들 곁에서, 여기서 가장 먼 저기도 할머니를 앓고 있을까

화옹방조제, 2002

 그런 젊음은 추모되지 않습니다만, 관물대를 같이 쓰던 니콜 키드먼에게 마음을 베인 적 있습니다, 예광탄이 가리킨 곳에서 간첩 아닌 모든 것이 명멸하던 날들입니다, 방파제에서 오줌을 누다가 詩로 흐르는 문장을 구속한 적 있습니다, 베로나의 줄리엣 집인가 하면 진지공사가 한창인 사격장이었지만, 그 어느 밤엔 제 이름이 들어간 세레나데에 암구어를 잊었습니다, 모든 게 당신의 애인이 순록처럼 잠든 무렵의 일입니다, 가까운 마을 모든 암캐는 제 이름으로 울었고, 언젠가 삼청동에서 잃어버린 목도리를 파도가 감고 자다 저를 깨웠습니다, 우리가 잠을 밀면 잠이 그리움을 말았습니다, 초소와 초소 사이를 비집고 별똥이 자릴 편 밤이면, 어둠은 그네 타는 마리온°의 풍경을 내줬습니다, 이후 한 계절에 한 번쯤 생각났습니다, 교교하게 날던 모기 곁으로 러시아워처럼 붐비던 이름 중 당신, 언제나 당신은 빅뱅 이후 탄생한 첫 별처럼, 대개의 저는 일 초 후 시야에서 사라질 미확인물체같이, 순록도 당신의 애인처럼 꿈을 꿀 때의 일입니다, 그때의 미래는 이딴 식이 아니었다고, 염초는

모든 어제보다 오늘 가장 붉습니다, 이런 추모는 젊음의
관습이 아닙니다만

* 〈베를린 천사의 시〉에 등장하는 공중곡예사 여인 이름

겨울의 절삭

다시는, 하다가 다시금 여기

한사코 눈 밖에 나는 앞니 없는 소녀, 프레임에 주저 앉는 미련, 침묵을 오래 견디지 못하는 산비탈의 개, 찰 칵, 계단 오르기를 주저하는 사람과 바람, 사람의 바람, 겨울과 번개탄이 벗어 놓은 냄새, 집과 집 사이를 길이 라 부르는 동네, 안방엔 쥐며느리처럼 말려 누운 노인들, 찰칵, 클리셰로 가득 찬 미로 같은 골목, 위로를 흉내 내 는 안목, 생계와 잃어버린 주인을 찾는 고양이, 찰칵, 아 침에 집을 떠난 마음들, 폐차를 걱정하는 마을버스의 입 김, 한 점 그늘을 주워 먹는 쇠딱따구리, 오래 눈 마주치 지 않는 스무 살의 누빔 코트, 수줍음 인근의 진눈깨비, 찰칵, 변색된 양철 지붕, 미리 써 재낀 문장에 매달린 고 드름, 층쌘구름이 엎지른 지붕 색깔들, 전봇대와 고양이 가 서로를 향하는 게으른 각도, 찰칵, 먼동에도 박수 치 지 못하던 마음, 부지깽이로도 못 쓸 문장, 결국 나를 닮았는가, 다시는

종이와 교양

맞선 자리에서 맞서고 싶지 않았던 날, '로마네 콩티' 즈음이었을 거다, 그녀의 교양에 샹들리에가 간질간질 붉어졌다, 둥글게 던지는 장난이 뾰족한 재난이 되고, 나는 아직 수프도 떠먹지 못했다, 남의 말로 한 끼를 때워야 하는 마음이 있고, 그날은 그런 날이었다, '이브 생로랑 오렌지'는 본 적 없습니다, 하고 대답했다, (브레송이 잡은 생라자르 역의 한순간만 압니다, 나약한 계절엔 나도 많은 종이를 낭비하지요, 당신도 알겠지만 당신 힘줄이 느껴지는 말을 만질 수 없어요, 메로구이도 처음인걸요,) 별의별 말을 하는 그녀에게 이후 별말을 할 수 없었다

귀갓길은 방금 그친 눈의 길, 음악으로 가 녹은 내 세계가 미끄러웠다, 잠시 멈춰 구겨진 영수증을 펴 뒷면에 적는다, 자각자각, 고독고독, 바닥에 누운 얼음들이 내 무게를 떠받치다 포기하는 소리, 모든 감정의 어원이 하나의 깊이로 굴러떨어질 때, 저 어둠에 묻혀 있을 별들에게 나는, 참혹하게 슬픈 위태로움인가, 아닌가

이른 시

스물넷 동생이 죽었다
육촌이란 거리만큼 슬퍼서 죽고 싶었다

장례식장 공기에 섞일 옷도 표정도 없어
제정신이 나를 데리고 잠시 밖으로 나갔다

구름은 항상 낮보다 환하다
험악한 기억은 생계의 여백에서 나고 죽는다
이맘때의 나무는 땅에서 더 멀어지려 손끝을 세운다

어느 우듬지에선 매일같이 철새가 사라지고
나이테 하나에 비명 몇 개 사그라든다지만

날 때부터 아버지를 거느리던 아이는
흉내 낼 수 없는 자세로 빈자리를 깁고 있는 저 아버
지는

죽음을 딛고 오는 문장을 소각한다

찢어지는 짐승의 시간이라고만 하겠다

사인(死因)도 없이 저기서 간절한 사랑과
여기서 간을 저미는 사람

안과 밖

육층에서 유행이 지난 노래를 떨어뜨린다

십오 년 전에 사랑했던 여자의 화장품 냄새가 올라온
다

반쯤 읽은 책의 나머지 반을 향해 거미가 기어간다

더 멀어진 어느 아파트 평수만큼

구름이 저만치서 평평해진다

전쟁처럼 눈과 기억이 서로를 피하는 높이에서

시동이 걸리지 않는 내일의 자동차와 나의 환한 날들

부랑과 방랑을 지나면 간혹 사랑인 듯 다시 유랑이던

설행을 각오한 비둘기 날개에서 방금 떠오른 노래가

비벼진다

하늘로 몸을 던져 보았지만 다시 지상이곤 하는 날들

육층의 밤을 멀리서 안심하는 저 많은 눈들

투표

현수막과 기조연설이 서로 등을 떠밀었다
그들의 힘이 우리의 높이를 비약시켰다
몇몇 후보들은 가축의 눈을 흉내 냈고
정작 작은 곤충들은 어제처럼 말이 없었다

힘을 가졌으므로
땅은 풀과 잡풀을 구별했다
높이가 차이를 말했으므로
해는 잡풀들만 정성껏 죽였다

언어를 거느리지 못한 자들끼린 연대도 없었다
진짜 가축들은 열렬하게 잠을 잤다
끝내 소멸될 동네에선 정의가 불티로만 튀었다

그들의 당락과 나의 단락 사이에서
죽어 가며 행복을 요구받는 언어가 있다

양심의 고고학

　용천목이 죽었습니다, 겨울에 물을 너무 많이 줬습니다, 피망이 시들었습니다, 여름에 물을 너무 주지 않았습니다, 식물적으로 영면하는 세계가 발견됐습니다, 그 아래에서 영영 묻힌 별똥의 시체들이 수습됐습니다, 당신과 당신 아닌 것으로 갈라지던 순간들이 발굴됐습니다, '죽음'이라고 쓰니 베란다가 어른스러워집니다, '죽임'이라고 쓰니 무거운 삭선(削線)이 다가와 나를 횡으로 자릅니다, 언제든 목이 마렵던 날들이 보입니다, 오줌이 더 마려운 지금에서야

　어머니, 빈 화분 안으로 가는 시선을 도무지 구해 낼 수 없습니다

Punctum

푼크툼은 내가 사진에 덧붙이는, 그러나
이미 거기에 존재하고 있는 것이다.—롤랑 바르트

물뱀을 처음 본 내 표정을 옮긴 건 누구였을까
영원을 업은 순간에 지어진 집에 살고 싶어서
시 근처에 얼씬댈 필요가 있었노라고

다락방에서 시간을 수셈 하는 봉제인형
주인에겐 들킨 바 없는 엄마 뒷목 저승꽃
책장 다리에 밟힌 채 수년의 무게로 늙은 동전
국민학생 열 칸 일기장 사이에서 영면한 지우개 가루
버려질 옷장 구석에서 발견된 빛바랜 가제손수건

흰 종이가 그물을 펴고 그대를 오랫동안 기다렸노니

함부로 사랑했지만
어쩔 수 없었던 상처여, 점이여, 얼룩이여
처음 봤으나 낯설지 않은 노랫말에

여기를 그때처럼 실어 본다
오래전부터 기다렸다가 이제야 태어난 문장을 두고
오늘은 어디로 망명하자 하는가

호우시절

　군번줄을 떼자 당신이 감겼습니다, 폭우의 꼬리를 호
우가 물던 시절, 당신에게 바친 제안서와 당신이 찢은 제
안서 사이에서 애인이 떠나거나 해일이 왔습니다, 당신
을 이해시킨 보고서와 당신에게 오해된 보고서 사이에서
거북목이 찾아와 손목터널을 지나다녔습니다, 오늘의 달
과 내일의 해 사이에서 내가 쓴 당신 강의안으로 완결되
던 잠이 있습니다, 영상을 편집하지 못한 밤이면 편집되
지 않을 영상으로 간 엄마가 울었습니다, 접이식 침대로
들어오는 아침 햇살을 당신의 쌍욕처럼 쬐던 날들, 삼수
생으로 가는 재수생을 달래 돈을 벌고, 당신을 벌기 위
해 논문을 썼습니다. 내일은 꼭 이발을 해야지 하면 벌
써 내일모레인 어느 아침쯤에서, 순교당한 미래의 애인
들은 누구의 옆에서 자고 있을까요, 당신은 저의 다음
순간을 충분히 저축했을까요, 지나간 십 년을 의심하지
않고 죽는 집고양이가 있다지만, 당신이라는 적도에서
형성된 사이클론에 정신병원으로 압송된 후배가 있습니
다, 녹두장군처럼 글을 쓰던 나는 무엇을 자축했을까요,
아직도 제 기도 쪽으론 벼랑을 본 문장이 당신을 넘어옵

니다, 한번은 뇌우처럼 들이닥친 그 문장들이 맹렬한 무렵으로 흘러가 우리의 18홀을 더럽혔지만, 우산 없이 이장마에 잘도 산다면 믿으실지요, 틀림없는 사실 바깥에선 고마웠습니다, 어쨌거나 그때와 같은 호우시절에

희극적인 세월

-광주, 1996

어디로든 휩쓸리고픈 바람이 있었습니다.

충장로 어느 제일 싼 경양식집에서 한 누나를 사랑했고, 옥상에서 저녁으로 가는 세계를 보며 빨래와 나란히 물들곤 했습니다. 정적을 이고 사는 벌레 몇 마리와 사귀었고, 조심스레 입을 가리고 호모, 호모 웃던 남자를 알게 됐습니다. 우리 집 지하실은 탈옥수들이 자기 옥수수를 숨겨 놓기 좋게 음습했고, 삼십 년 직장과 결별한 아버지와 거기서 서늘해지는 뒷목을 주무르곤 했습니다. 어느 시아파 가문의 가훈처럼 당시 쓴 낙서는 이상고온에 시달렸습니다. 뒷집 외로운 대머리아저씨는 낚시해 온 물고기를 마당에 쏟곤 했습니다. 잘 모르는 모든 일에 괜스레 미안해지던 시절입니다. 먼저 간 아내 곁으로 이제 돌아가셨다 하는 대머리아저씨 덕분에, 떠나간 고래 두 마리의 이름을 고래고래 부르던 목청에 사무칩니다. 이게 다 사용 중인 샴푸를 궁금케 하던 여학생들로 붐비던 스쿨버스 시절의 이야기입니다. 데카메론을 몰래 읽다 잠든 밤엔 그레이스 켈리가 옆구리를 비비던 그때 말입니다, 충장서림에선 오래 팔리지 않는 책을 베고 그리움이 잠들곤 했는데, 마지막 관객 쪽으로 마음을 내리던 광주극장이 있었고, 그 앞에서 나와 눈이 마주친 그날의 암고양이는 내게서 길 끝을 봤습니다, 이름만 아는 대학들의 정문이 더 자욱해지는 아침이면, 물려받은 문제집 귀퉁이로 닳아지던 미래가 고대 페니키아 문자로 인양되곤 했는데, 그래도 비극을 피한 유적 옆에서 하나님이 발굴되던 그때여서, 결국 여기로 오는 물음들을 물리칩니다, 다만 여기서 거기로 부는 바람을 안아 봅니다

동숭동, 혹은 무한으로 가는 순간들

불 꺼진 소극장을 나오면 비로소 연극을 하던 시절

예술을 살아 내던 빗줄기를 듣고 맹렬하게 너를 착각하던 날들, 마지막 한 줄을 쓰지 못한 시를 닮은 너였고, 너 아닌 듯한 너만 솜털구름과 함께 비탈로 가던 날들, 오래된 시선이 눌어붙은 한 나무 곁에서, 너의 아무나가 되어 보던 날들, 노트가 진심을 여닫던 힘으로, 쓰고 지우면 다시 들이치는 폭풍이 있었지만, 생활의 자식들에게 유감을 표명하면서도, 모든 순간에 다른 이름을 붙이면 다른 세상이 열린다 믿는 희열을 살다가, 시인이 되었구나, 하며 손 흔들어 주던 그 여름 가난과 잎새들에게, 노트로 와 웅크리던 표정들에게, 가령 백수의 오후를 닮은 티켓부스에, 심약한 바람에도 들썽거리던 바람벽 빛바랜 포스터에, 몇 해 전 다른 간판을 달고 가난한 키스를 훔쳐보던 불법 건축물에, 험악한 주차금지 문구 같던 너의 마음에, 그리하여 소극장을 불 켜는 연극이 될 수 있을 것 같던 사정에

새에게 유일한 나뭇가지가 있듯이, 어느 고래에게도 최초의 풍랑이 존재하듯이, 나에겐 북한 영화처럼 네가 걸어오던 날이 있다, 동숭동엔 후진하는 언어를 따라 되감길 새벽들이 마지막 무대를 준비 중, 하루에 한 이름씩 잊을 수 있다면, 착한 개를 위로하던 풍경이 위로받고 있는 거기 무대에서, 지금 무한으로 가는 이 마음으론 모두가 입장해도 좋은데

마도요가 있는 야경
─바다가 읽도록 내버려 둘게

모든 모래는 깨진 표면들로 자기를 이룬다

쥐며느리도 그림자를 들키는 이 시간

한때의 높이로 도착하지 않는 언어와

그때의 깊이로 내려가지 못한 언어를 두고서

더 이상, 더 이상 하며 해수면만 균형을 기도한다

빗나가는 힘이 된 각자의 당신들로 일렁여 본다

버려진 배 선미로 가 목청을 높이는 파도에게

백사장에 묻힌 손목시계가 지켜본 시간을 가르쳐 본
다

안개와 해송

수첩과 기억 사이

기입할 수도, 규칙적일 수도 없는

이 슬픔의 평면

마음이 미움의 성대를 찾지만

당신의 나라에 관한 미움은 묵음이어서

막막한 언어들이 야경 안에 제 집을 세우는

이즈음에서 그즈음으로 쏟아지는 비

주인 버린 고양이의 등짝을 때린다

내게로부터 젖는 마도요

당신 책 어느 페이지로 팔려 나간 노랑

아는 시인이 시집을 보냈다, 모르는 연구자가 학술서를 보냈다, 그사이에 비둘기가 베란다에 똥을 쌌다, 논문이 될 만한 시라 여겼는데, 모니터에서 똥 냄새가 났다, 열 오른 오후는 먼 숲을 향해 화두를 던졌다, 아무것도 써지지 않아 커피를 마셨다, 창틈으로 바람이 투명한 슬픔의 손을 내밀어 내 콧등을 간질였다, 내가 쓴 단행본 원고에 휴전선 같은 사선이 덮였다, 주검을 수습하는 손가락에서 딜릿, 딜릿 소리가 났다

당신만 아는 상형을 그리고 싶었다, 그런 어떤 날 시인이 되었다, 갑자기 집을 찾지 못하는 포메라니안을 보았고, 당신을 사랑했다, 은행나무가 도처에서 각혈하는 소리를 들었고, 당신을 증오했다, 밑턱구름이 배설한 퀴퀴한 그늘도 눈부셔서, 당신을 맴돌았다, 이 모든 게 이후 기억해 낼 수 없는 한순간의 구조물, 나중에 오는 것이 가장 슬프다지만

하나의 대륙 사이로 대양이 들이쳤다, 섬들은 스스로

완결됐다, 바구미가 초록을 벗기는 속도보다 빨리, 여름
은 공원을 등지고, 아이들도 떠남을 짓는 형식을 연습한
다, 지난 계절의 병명도 모른 채, 나는 여기서 내 입술을
떠난 소리가 나를 굴리는 풍경을 본다, 발음 전까지만
기분이 좋아지는 이름처럼, 당신 책 어느 페이지로 팔려
나간 노랑은, 뒤늦게 누구를 마중 나올 것인가

　이 순간의 세계도, 저기를 잃거나, 저기에게서 잊힐 것
이다

감각과 착념

―돗토리 사구

감정과 비밀은 순간에 피고 진다

그늘이 한 나무를 돌아가고, 그믐달이 구름을 몰아가고, 돌아간 길이 그늘이 되고, 오래 밀려온 구름이 가뭄에 멈춘다,

모든 비껴가는 것
비껴가도 남는 어떤 것
찰나로 남을 수 있을까 하는 그런 것

소리가 해 지는 마을을 만지다 오고, 낙타가 무너진 모래언덕을 뒤지다 잔다, 물결나방이 바다에 잠기는 해를 듣고, 셔터는 세계가 일어서는 순간을 끝내 놓친다,

호의와 후회가 순서를 바꾸며 물들이는 그것
인생이 들리는 몇 번의 순간이 있다는데

가고 오지 않는 엄마도 있고

비껴가면 남지 않는 포옹도 있고
착각만은 아닌 그런 텅 빔과 살아간다는 것

Oughtopia

고백한 사람은 스스로를 심판한다—조르조 아감벤

추천서를 쓴다, 홍시처럼 뭉개지는 해가 표정을 감춘
다, 내 마음을 들르지 않은 낱말들은 등산을 간다, 창밖
으로 뒷동산과 제자들의 높이가 비범해진다, 나무가 잎
사귀 무게의 거짓을 떨구면, 일과라는 듯 어디로든 싣고
가는 바람이 있다, 바람대로 익숙한 듯 쓰다 보면 쓰이
는 인생, 재스민 향 곁에서 잤으면 하는 이 시간에, 나무
책상 틈새를 찾던 애집개미는 제 한숨 속을 돌아다니는
데, 직원을 많이 거느린 회사 쪽으론 주차도 해 본 적 없
는데, 어차피 지금 모르는 사람들은 천년이 지나도 모를
것이어서, 너를 나 아닌 곳에서 추천한다, 베스트셀러만
골라 보는 사람을 경멸했는데, 지금 나는 흔한 꿈으로
흘러가는 구름들을 정확무오하게 묘사한다, 지금은 앳
된 제자와 늙은 수제 의자가 뒷목을 잡는 시절이란 것만
생각한다, 만년필이 종이 위에 처음 보는 길을 낸다, 처
음 보는 유토피아가 함부로 주인을 들이는 이 세계, 수
상한 낯빛을 갈아치우며 오는 저녁에 미안해지지만, 너

와 내가 서로를 향해 드리우는 그늘들, 알면서 속는 저
녁이여,

벤치에 누운 소란

기도원 예배당을 나서자 노린재가 오후의 여름을 누이
고 있습니다

몰래 쏟고 온 죄가 총총걸음으로 다시 따라옵니다, 하
늘로 흐르지 않는 물들이 키운 가시두릅나무가 보입니
다, 쓸데없으나 버리지 못한 마음에 잡풀이 흔들립니다,
초록이 잠시 눈을 감깁니다, 형틀처럼 생긴 늙은 벤치
에 앉으니 오히려 편안해집니다, 피나무 냄새에 꿀벌들
이 마이너 코드로 일어섭니다, 똑 따낸 한 이파리 위에
서 실핏줄 같은 열망이 갈라지는 게 보입니다, 제 집 아
닌 곳만 노크해 온 손목이 시큰거립니다, 한아름이 넘는
이름 모르는 나무가 수도승처럼 나를 마주 봅니다

나에게서 내가 멀어질 속도를 안다는 듯 나무는 아무
말도 않습니다, 나의 끝이 세계의 시작과 맥락을 다툽니
다, 성경 밖을 돌다 지친 불가능한 문장이 내쳐질 수 있
을까요, 오지 않는 소식과 오지 않을 소식의 틈새에서,
지금도 세계의 저의와 나의 적의가 멱살을 잡는데, 첫 시

집도 그 틈새를 찢고 성경 밖에서 죽었습니다, 아내의 방
황과 나의 방랑이 서로의 이유가 되는 저편에서, 나를
나에게서 지킬 수 있을까요

  은둔하는 당신은, 당신으로 가지 못한 자들에게 과연
누구입니까

졸업
—졸의 업

   연구실로 들이닥친 너희는 삐뚤어진 학사모를 바로잡는 중, 나는 강의실에 두고 온 체념에 대해 낙서를 하던 중, 그 많은 알바생의 저녁에 관해, 목차만 나온 논문과 연체 도서가 부끄러워진다, 후문과 쪽문 사이에서 삽화처럼 자란 나무와 너희들, 한 달 남은 겨울을 두고, 얼마나 남았는지 모르는 다른 겨울들을 지켜본다, 영민한 나무는 수액을 무의식에 감출 줄 안다는데, 해가 진다, 언어로 가기 전에 포기되는 진심 쪽으로, 닿아 가야 할 사랑은 있는지, 이 계단을 내려가면 매일 오를 다른 계단은 있는지, 학생식당과 동아리방을 등 뒤에 두고 얼어붙은 기쁨이 햇빛을 모은다, 미안하다, 한 번쯤 낱장 빠진 수험서에서 욕이 영어로 튀어나왔을 너희를 두고

   거의 모든 사진처럼 우리는 앞만 담기로 한다
   칵칵칵, 더 길어질 겨울과 우리의 뒤도 찍혀 버렸는지
   "한 번 더 찍자"
   창가의 검은머리방울새가 시베리아로 떠나기 전에

영화처럼 산책

장마가 온다는 예보와 첫 빗방울 사이를 걷는다
유월엔 강의 자리와 한 여자가 나로부터 실종됐다
가난해졌지만 가난해도 무관한 계절이 성큼 다가왔다
칠월로 가려는 유월에 헤드폰을 씌우고
오늘은 아침이 나를 걷는다

갑자기 흐드러지는 너와 꿈에 대해, 안개가 두런거리
는 날이었고, 1942년이면 더 어울리는 뉴욕 할렘가 118
번지, 보조개가 앙증맞은 여자, 전쟁통에 팔다리가 날아
간 사람, 생생한 꿈이었지, 복잡한 미래는 멀리 두고 비
밥으로 흥건한 과거들, 응큼하게 놀아나고 싶어, 가로등
이 기억하는 어느 목마른 밤에, 별빛은 강물을 의지해
사람들을 여울지게 하고, 사람들은 비밥에 의지해 잠결
에도 빛나는 천국을 보는, 싱가포르에선 포탄이 밤을 두
드리고, 미드웨이섬엔 암호처럼 폭격기들 간격을 유지할
테지만,

아버지로 가는 청춘에 재갈을 물리고 걷는다

우산을 하늘가리개라던 얼굴을 발로 차며 더 걷는다
스승의 날과 무관한 선생들이 거룩해질 때까지 걷는
다
유월의 자리로 가는 칠월에게서 헤드폰을 벗겨 주며
오늘은 아픔이 나를 더 걷는다

천천히 문드러지는 너와 지난 잠에 대해, 작부들이 퇴
근하는 새벽에서 여고생이 등교하는 아침 사이, 비슷한
모순과 부도덕의 힘으로, 재개발지구란 이명(異名)을 얻
은 마을을 지나치면서, 각자의 전쟁터를 끌고 사는 사람
들, 이 틈에서 그 여자네 살구를 흔들던 바람이 어느 집
처마에서 오래 울고 있는 걸 봐, 나에 대해 기교 있게 이
를 가는 사람은 언제든 있고, 입석권을 끊자 덥석 나를
잡아당기던 고향의 노래가 있다, 어제는 어울리지 않는
맞선 곁에서 한층 투명해지던 쇼윈도를 봤다, 모든 투명
을 향해 얼어붙는 시간들, 영화와 꿈과 나를 방문한 지
금이 몸을 섞는 때에, 저도 모르는 곳으로 가는 바람을
이 아침도 따라나설 테지,

시멘트 보에 다다른 연어 떼를 생각하다 멈춘다

장롱 속에 칩거했음에도 마그네틱이 손상된 통장을 떠올리다 멈춘다

고향과 유년과 비밥을 미화시키는 출근과 출근 사이가 낯설어 멈춘다

그럼에도 몸에 깃들어 사는 간격과 거리와 속도가 신비로워 멈춘다

아내는 모르게 아무거나 생각하기 좋은

영화처럼 산책

무한으로 가는 순간들을 향해
후진하는 언어

이병철(시인)

1. 꺼지지 않는 영사기

관객들이 모두 빠져나간 텅 빈 영화관, 혼자 남아 엔딩 크레디트를 보는 사람이 있다. 안경 렌즈 위로 잠깐 반짝이다가 사라지는 이름들을 눈으로 쫓으면서, 그는 조금 전까지 인간의 표정들로 가득했던 스크린에 어둠이 내려앉는 것을 지켜본다. 밑에서 떠올라 위로 모습을 감추는 하얀 자막들, 영화는 끝났지만 영사기는 다음 회 상영을 준비한다. 필름을 다시 걸면서 그는 눈의 잔상 속으로 느리게 붙잡혀 들어오는 어떤 장면을 떠올린다. 색감과 구도를 기억하지만 배우의 표정은 희미해져 버린, 생의 오래된 신(scene)을 말이다.

시와 영화는 공통적으로 '다른 삶'에의 체험이지만, 흘러가거나 소멸된 시간을 되살려 반복 재생하는 부활의 레토릭이기도 하다. 안숭범의 두 번째 시집은 다시 돌아갈 수 없는 순간들을 투사(透射)하는, 꺼지지 않는 영사기다. 안숭범은 영화 연출가가 구도 안에 소품들을 배치하듯 기화(氣化)된 시간들, 상(像)이 흐릿해져 더 이상 만져지지 않는 기억들을 감각적 요소들로 전환시켜 미장센(mise-en-scène)의 질서 안에 배열한다. 개인적 삶의 한때를 보편성 있게 설득하면서 과거를 오늘의 매혹적인 시적 이미지로 새롭게 연출해 낸다.

"당신과 반짝이는 이야기들을 꿈에 두고/빈손으로 돌아오기 일쑤"(「시인의 말」)라는 시인의 말은 시적 몽상과 활자 사이에서 발생하는 왜곡과 굴절에 대한 감응이다. 무의식의 기의들을 구체적 기표로 옮기는 일은 언제나 '빈손' 같은 무력감을 안겨 주지만, 안숭범의 시에는 "반짝이는 이야기들"이 있다. 모든 시인은 최초의 언어, 몽상의 언어에 작위적으로 개입해 스스로 빈손이 되는 것을 초래한다. 그러나 안숭범의 미장센은 몽상을 의도적으로 분할하거나 거기에 과도한 수사를 입히는 대신 롱테이크(long-take)로 펼쳐 놓는다. 지극히 섬세한 묘사의 방식으로 나열하고 호명하며, '꿈' 같은 지난 생의 장면들을 구체적으로 재생시킨다. 그때 '당신'과 '이야기'들이 지닌 몽상적 낭만이 고스란히 시로 옮겨 온다.

한 편의 영화를 보고 나서 우리는 마치 꿈을 꾼 것 같은 기분에 사로잡히는데, 안승범의 시를 읽는 일 또한 그러하다.

불 꺼진 소극장을 나오면 비로소 연극을 하던 시절

예술을 살아 내던 빗줄기를 듣고 맹렬하게 너를 착각하던 날들, 마지막 한 줄을 쓰지 못한 시를 닮은 너였고, 너 아닌 듯한 너만 솜털구름과 함께 비탈로 가던 날들, 오래된 시선이 눌어붙은 한 나무 곁에서, 너의 아무나가 되어 보던 날들, 노트가 진심을 여닫던 힘으로, 쓰고 지우면 다시 들이치는 폭풍이 있었지만, 생활의 자식들에게 유감을 표명하면서도, 모든 순간에 다른 이름을 붙이면 다른 세상이 열린다 믿는 희열을 살다가, 시인이 되었구나, 하며 손 흔들어 주던 그 여름 가난과 잎새들에게, 노트로 와 웅크리던 표정들에게, 가령 백수의 오후를 닮은 티켓부스에, 심약한 바람에도 들썩거리던 바람벽 빛바랜 포스터에, 몇 해 전 다른 간판을 달고 가난한 키스를 훔쳐보던 불법 건축물에, 험악한 주차금지 문구 같던 너의 마음에, 그리하여 소극장을 불 켜는 연극이 될 수 있을 것 같던 사정에

새에게 유일한 나뭇가지가 있듯이, 어느 고래에게도 최초의 풍랑이 존재하듯이, 나에겐 북한 영화처럼 네가 걸어오던 날이 있다. 동숭동엔 후진하는 언어를 따라 되감길 새벽들이 마지막 무대를 준비 중, 하루에 한 이름씩 잊을 수 있

다면, 착한 개를 위로하던 풍경이 위로받고 있는 거기 무대
에서, 지금 무한으로 가는 이 마음으론 모두가 입장해도 좋
은데

-「동숭동, 혹은 무한으로 가는 순간들」 전문

　이 시에서 시인이 '동숭동'을 대하는 태도는 진지함 이
상으로 제사장의 엄숙한 제의를 떠올리게 할 만큼 극진하
다. 인간의 실존적 한계를 영원무변하는 신성(神性)으로 이
동시키는 것이 제사장의 역할이다. 시인은 "백수의 오후를
닮은 티켓부스"와 "가난한 키스를 훔쳐보던 불법 건축물"
같이 사소하고 특별할 것 없는 소품들마저 "무한으로 가
는 순간들"에 포함시킨다. 노아가 구원의 방주에 작은 들
짐승들까지 태운 『구약성서』 한 대목이 연상된다.
　시인은 기억 속 '동숭동'을 구성하는 형상과 질료를 일일
이 호명하며 그것들을 "착한 개를 위로하던 풍경이 위로받
고 있는 거기 무대"에서 "무한으로" 데려가려 한다. 이를테
면 "그 여름 가난과 잎새들"과 "심약한 바람에도 들썽거리
던 바람벽 빛바랜 포스터" 같은 것들을 "지금 무한으로 가
는 이 마음으론 모두가 입장해도 좋"다고 끌어안는 것이다.
시인에게 내면화되어 있는 '동숭동'에 대한 일종의 부채의
식이 '후진하는 언어'라는 독특한 화법으로 발화되고 있다.
　"불 꺼진 소극장을 나오면 비로소 연극을 하던 시절"에
는 현실의 삶이 연극보다 더 허구 같았을 것이다. 삶은 부

126

조리극이고, 가난한 청춘의 무대에서 세상이 부여하는 온 갖 배역들을 다 소화해 내야 하기 때문이다. 연극 무대와 삶의 무대가 혼재돼 현실과 허구를 분간할 수 없으므로, 세계가 다 몽상과도 같아서 "예술을 살아 내던 빗줄기"가 내리고, "마지막 한 줄을 쓰지 못한 시를 닮은 너"와 "가 난한 키스"를 나누던 시절이다. "모든 순간에 다른 이름을 붙이면 다른 세상이 열린다"는 믿음은 당시의 궁핍을 초극 하는 동시에 몽상적 낭만을 향유하는 동력이었을 것이다. 그 믿음의 "희열을 살다가, 시인이 되었"기에 시인은 '동숭 동'에 부채감을 지닐 수밖에 없다.

이미 사라지고 없는 시간들을 향해 가는 언어가 '후진하 는 언어'다. "북한 영화처럼 네가 걸어오던 날"이 그 언어를 "따라 되감"기며 "마지막 무대를 준비 중"이라고 시인이 쓸 때, '마지막 무대'는 곧 '시'의 은유가 된다. 시인은 '동숭 동'이라는 "유일한 나뭇가지"이자 "최초의 풍랑"과도 같던 낭만의 시절이 폐색되고 유실되는 것을 거부한다. "난 어 떤 절벽 끝에 서서, 그 아이들이 절벽 끝인 줄 모르고 달 리는 것을 붙잡아 줄 거야. 난 그저 호밀밭의 파수꾼이 되 고자 하는 것뿐"이라던 홀든 콜필드의 심정으로, 시인은 지난날 동숭동의 풍경이 망각의 절벽에서 떨어지지 않게 끔 시라는 마지막 무대에 불을 켠다.

기억은 불완전하고 선택적이며 현재를 구성하는 데 유리 한 방식으로만 호명되기 마련이다. 하지만 안숭범의 기억은 보존 상태가 무척 양호해 장면의 온전함과 상황의 객관성, 감정의 주관성을 모두 유지하고 있다. 기억에 대한 유난한 강박과 집착이 시인을 기억의 고고학자로 만들었을까. 구체적이고 섬세한 기억의 묘사는 앞서 안숭범 시의 미덕으로 언급한 '롱테이크' 방식의 이미지 전개를 가능하게 한다.

롱테이크는 긴 쇼트를 편집 없이 계속 진행해 신을 구성하는 방법인데, 관객들을 카메라에 동화시켜 영화 속 장면을 현실로 받아들이게끔 하는 효과가 있다. 사실성이 극대화되기 때문이다. 다르덴 형제가 연출한 1999년 작〈로제타〉의 마지막 장면에서, 카메라는 주인공 로제타가 무거운 가스통을 힘겹게 옮기는 모습을 5분여 동안 핸드헬드(handheld)로 집요하게 따라가며 보여 준다. 그때 관객들은 자살하기 위해 가스통을 운반하다 주저앉아 우는 로제타의 슬픔과 절망에 몰입하게 된다. 사실주의 감독들이 자주 사용하는 이 구성법을 시에 적용하면서, 시인은 유려한 문장 흐름과 리듬, 섬세한 이미지 묘사, 기억의 선명함과 거기서 비롯된 구체적 체험의 진정성을 모두 확보하고 있다.

그런데 역설적인 것은 '후진하는 언어'와 롱테이크 방식을 통한 기억의 재현이 망각에의 열망을 수반하고 있다는 점이다. 시인은 잊으려고 기억한다. "하루에 한 이름씩 잊을 수 있"기 위해 "마지막 무대"를 준비한다. 마치 장례를 못 치러 저승으로 아직 보내지 못한 원혼들을 위로하듯, 안숭범은 그동안 세월과 생활이라는 핑계로 마땅한 기념도, 의미화도 하지 못해 마음의 부채가 되어 버린 '동숭동'을 온전히 수습해 "반짝이는 이야기", "무한으로 가는 순간들"로 완성시킨다. 이제 비로소 시인은 동숭동을 시간의 흐름 가운데 놓아줄 수 있게 된 것이다.

2. 움직이는 이미지

여기는 우리의 혜화동, 우체통은 매미 소리를 머금고 아직 꿋꿋한가, 그 곁에서 입간판보다 먼저 구부러지고 있는 너, 객석의 빈 어둠을 덮고 자란 부조리극처럼, 십 년째 버티고 선 무대가 지난 태풍쯤 허물어진 것, 이 여름 너는 부르튼 입술과 낡은 재킷 앞섶을 앙다물고 있는가, 컵라면도 극단적으로 먹던 너, 첫 월급의 힘으로 기타 교본과 바나나 우유를 건네던 너의 손, 제일 늦게 불 켜는 소극장 바닥에서 신비한 내세를 보던 손, 햇빛의 여린 끝과 슬픈 얼굴들을 문지르던 손, 어느새 쥐어짐을 당하는 데 익숙해져 있는가, 여기는 그들의 혜화동, 싸구려 기타만 주인을 데리고 깊이를 알 수 없는 골목으로 사라지는, 십 년을 치면 소리가 익을까 하던 기타가 있어서, 이상한 기억을 주렁주렁 단 노래를 부르면, 반만 지하라고 우리가 박수 친 너의 자취방에 와 죽던 벌레들, 너의 나와 나의 너는 다시 만날 수 있을까, 어항만 한 창문을 안에서 반만 열고 올려다보면, 이오네스

코의 코뿔소처럼 지나던 여자들, 그 많던 쇼핑백들, 이런
게 다 생각나서 우린 지금 행복한 걸까, 그때처럼 물구나무
오래 버티기를 할까, 자취를 감춘 우리의 과녁들을 향해
－「극단적 만남」 전문

잊기 위해 기억하는 자, 시인은 이번엔 혜화동으로 눈을
돌린다. 이 시에서도 시인의 후진하는 언어는 지난날 '혜
화동'을 이루던 풍경들을 롱테이크로 펼쳐 놓는다. 주목
할 것은 시인이 기억 속 풍경을 이미지로 묘사하는 화법이
다. 안숭범은 대상의 현실태보다 가능태에 더 주목한다.
한 대상이 가능태에서 현실태가 되어 가거나 또는 현실태
에서 또 다른 가능태로 전환하는 '중간 과정'에 천착한다.
그래서 그의 언어는 유달리 "직전의 풍경"(「낙원상가(樂園喪
家)－늙은 기타리스트를 위하여」) 쪽으로 기울어진다. "엄
마를, 툇마루에 엎드린 엄마 이전을 본다"(「간척」)거나 "한
줌 먼지들이 먼지가 아니었던 시절을 사랑하"(「무교동」)거나
"카페 문턱이 5분 전보다 10센티만큼 높아진 것"(「非行記」)
을 발견하는 식이다.
　시인은 "나와 나였던 것 사이의 경계"(「보길도－사연을 들
(이)켰다」)에 서서 "지구와 나 사이에서 너를 고정할 말들
을 찾"(「밤·밤」)는다. 대상의 현재태와 잠재태 사이에서, 대
상을 시적 이미지로 전환할 언어를 탐색하는 것이다. 그
래서 안숭범의 문장들은 대상을 단순하게 묘사하거나 손

쉽게 확정하지 않는다. 고정된 현재태가 되는 것을 거부하면서 여러 변화의 가능성을 최대한 유예한 채 대상을 언어화한다. 시의 이미지 안에 붙잡혀 온 대상은 확정된 기표가 될 수밖에 없다는 것을 잘 알기에 시인은 섣불리 대상에게 접근하지 않는다. "프레임에 주저앉는 미련"이라든가 "계단 오르기를 주저하는 사람"(「겨울의 절삭」) 등의 진술에서 대상 앞에 몹시 신중한 시인의 태도를 엿볼 수 있다. 때로는 "흰 종이가 그물을 펴고 그대를 오랫동안 기다"(「Punctum」)리는 신중함 때문에 그의 "셔터는 세계가 일어서는 순간을 끝내 놓"(「감각과 착념−돗토리 사구」)치기도 한다.

시인이 대상 앞에 주저하며 신중한 태도를 취하는 것은 움직이는 대상의 운동성을 해치지 않은 채 그대로 시에 옮겨 올 문장을 떠올리기 위함이다. 물상(物像)은 끊임없이 움직이면서 변화하는 것이고, 이미지는 사진이 아니라 동작이며 찰나적 순간들의 연속이다. 단층 구조의 언어, 확정형의 언어로는 그것을 시로 옮겨 올 수 없다. 옮겨 온다고 하더라도 그것은 이미 박제화된 사진에 불과하다. 안숭범은 어떤 대상을 시적 이미지로 형상화할 때, 그 대상만 가져오는 것이 아니라 그 주변까지 함께 '떠' 온다. 마치 나무를 이식하는 과정에서 그 둘레의 흙을 같이 옮겨 심어 나무의 생육이 자연스러울 수 있게 하는 것처럼 말이다. 대상은 결코 대상 단독으로 존재할 수 없다. 시인은 대상과 대상의 주변, 대상이 속해 있는 시간과 공간, 관계 맺은 다른 대상들까지 함께 시로 옮긴다. 그때 대상은 시 안에서 생동한다. 안숭범의 이미지들은 움직인다.

"기타 교본과 바나나우유를 건네던 너의 손"이라든가 "햇빛의 여린 끝과 슬픈 얼굴들을 어루만지던 손", "반만 지하라고 우리가 박수 친 너의 자취방에 와 죽던 벌레들"과 같은 문장들은 움직이는 이미지의 전범(典範)이다. 우리 내면에 각인된 기억으로서의 과거는 물상들로 이루어져 있다. 물상은 곧 빛이다. 현상세계에서 빛은 오직 감각할 수밖에 없는 외부적 자극이지만, 의식세계에서는 감각이 아닌 관념이다. 내부에서 관념이 되어 버린 빛을 다시 외부로 꺼내 감각으로 되돌려 내는 작업은 호박 화석에 갇힌 모기의 피로부터 공룡을 복원하는 것만큼 어려운 일이다. 그럼에도 안숭범은 그 작업을 수월하게 해내고 있다. 스냅사진이 되어 버린 기억의 파편들을 접합해 과거를 고스란히 재생하는 필름으로 바꿔 낸다. 기억이 '움직이는 이미지'가 될 때, 관념은 다시 감각으로 바뀌며 시에 생명력을 불어넣는다.

3. 롱쇼트의 미학

모든 모래는 깨진 표면들로 자기를 이룬다

쥐며느리도 그림자를 들키는 이 시간

(······)

안개와 해송

수첩과 기억 사이

(······)

막막한 언어들이 야경 안에 제 집을 세우는

이즈음에서 그즈음으로 쏟아지는 비

주인 버린 고양이의 등짝을 때린다

내게로부터 젖는 마도요
-「마도요가 있는 야경-바다가 읽도록 내버려 둘게」 부분

이팝나무가 게으르게 그늘을 모은다. 그늘인가 하니 자
기 동냥통보다 둥글게 말린 노인이다. 위에선 하얀 고봉밥
같은 꽃이 절정인데, 오래 침묵하는 동냥통에 관대한 세계

여서, 스산한 뽕짝을 실은 트럭이 비껴간다. 주인 따라 산
책하던 닥스훈트도 제 냄새를 남기고 간다. 시간을 펴 덮고
잘 줄 아는 노인만 남는다. 그 언젠가의 기쁨도 이미 다 빠
져나간 노인의 너른 이마. 땀 한 방울이 그의 목덜미를 타고
내 등짝으로 흐른다.

─「언어가 여백으로 숨는 풍경」 부분

안숭범은 대상과의 거리 유지를 통해 시적 긴장감을 벼
린다. 영화 촬영 기법 중 원거리에서 인물과 배경을 함께
담는 '롱쇼트(long-shot)'를 떠올리게 한다. 대상의 윤곽과
음영, 배경이 되는 주변을 한눈에 보려면 대상과의 거리
유지가 필수적이다. 시인은 "마도요가 있는 야경"과 "시간
을 펴 덮고 잘 줄 아는 노인"을 일정 거리 바깥에서 바라
보고 있다. 마도요와 노인만 보고 있는 것이 아니라 대상
의 그림자와 주변 풍경, 즉 '이팝나무 그늘'부터 "안개와 해
송", "수첩과 기억 사이", "뽕짝을 실은 트럭이 비껴"가는
광경까지 두루 보는 중이다. 한발 떨어진 자리에서 대상을
보기 때문에 오히려 더 많은 부분을 관찰할 수 있다.

시인은 대상과 대상의 '그림자', 즉 대상의 자기(磁氣) 작
용이 미치는 공간을 마주 놓는다. '아우라(aura)'라고 할 수
도 있을 것이다. 대상과 대상의 그림자(아우라)는 서로 적
대적이지도 않고 우호적이지도 않다. 그저 마주 놓여 있을
뿐이다. 둘 사이에는 밀어낼 수도, 밀착할 수도 없는 일정

한 거리가 늘 존재한다. 그 '여백'에서 시적 긴장이 발생한다. '마도요'와 '노인'이 움직일 때마다 그림자는 여러 모양으로 바뀐다. 그러나 잠깐 찌그러지거나 크기가 달라질 수는 있어도 그림자, 즉 아우라는 결국 고유의 성질로 되돌아온다. 둘 사이에 대기가 있는 한 그림자의 속성은 변하지 않는다. '마주 놓임'의 상태도 달라지지 않는다. 마도요와 마도요의 그림자, 노인과 노인의 그림자는 그대로인데, 배경만 끊임없이 변한다. 세계가 바뀌는 것이다. 둘 사이에 놓인 팽팽한 대기 속으로 '안개'와 '해송'과 '비', '이팝나무'와 '트럭'과 '닥스훈트' 등이 끼어들 때, 풍경은 시적 이미지로 활달하게 변주되며 확장과 축소를 거듭한다.

시인과 대상의 관계는, 마도요와 마도요의 그림자와 같다. 시인과 대상은 마주 놓인다. 자신의 본질을 보존하려는 대상과 그것을 시의 형질로 바꾸려는 시인 사이의 팽팽한 백중세, 그러나 시인은 섣불리 거리를 좁히거나 넓히려 하지 않는다. 자신의 힘으로 변화시킬 수 있는 성질의 것이 아님을 알고 있기 때문이다. 그래서 한발 물러선 채 '롱쇼트'로 지켜본다. "막막한 언어들이 야경 안에 제 집을 세우"기까지 대상의 주체적·능동적 변화를 기다린다. 이 기다림의 방법론은 '롱테이크'다. 그러다 마침내 대상이 움직일 때, 순간적으로 변형된 그 '그림자'를 옮긴다. 대상의 본질은 그대로 둔 채 수시로 바뀌는 이미지만 벗겨 오는 것이다. 그러는 동안 시인과 대상을 둘러싼 세계의 풍경이

전환된다. 시인과 시적 대상이 "이즈음에서 그즈음"을 오가며 "내게로부터 젖는 마도요"가 되거나 "노인의 너른 이마, 땀 한 방울이 그의 목덜미를 타고 내 등짝으로 흐"를 때, 시인은 풍경의 여백은 물론 대상의 주변 세계가 다채롭게 변화하는 제3의 국면까지가 모두 시라는 것을 능숙하게 보여 준다.

4. 영원을 업은 순간에 지어진 집

이러한 이미지 미학을 통해 안승범은 삶의 환희와 소멸이 교차하는 실존의 낙차를 그려 낸다. 존재와 부재, 삶과 죽음 역시 결코 간격이 조정될 수 없는 평행선상에 놓인 대립쌍이다. 시인은 실존과 소멸이 대비되는 양상을 지켜보면서, 그 현상에 개입하지 않은 채, 또 개입하지 못한 채 죽음의 풍경들을 묘사한다.

친구여, 바람이 태어나던 집으로 돌아갔는가, 달칵달칵 꿍음을 내던 파란 대문, 눈 감으면 거기 거실 벽시계 삼십 년 전의 너를 이고 흔들린다, 거기서 부자여서 좋겠다, 이제는 감정과 미래를 탈루당한 표정들에 관해,

날파리가 손등의 각질을 문지른다, 삶에 붙은 굳은 죽음

을 간질인다. 잘 가라

         −「돼지머리눌린고기−너의 빈소에서」 부분

    생동하는 대상을 '지켜봄'은 하나의 시적 방법론이지만, 소멸을 '지켜봄'은 무기력한 방관이라서 시인에게 고통과 죄책감을 안겨 준다. 친구의 죽음 앞에서 그가 할 수 있는 것은 "달칵달칵 굉음을 내던 파란 대문"을 추억하는 일과 "거기서 부자여서 좋겠다"며 애써 내세(來世)를 긍정하는 말뿐이다. "삶에 붙은 굳은 죽음을 간질"이며 "잘 가라"는 작별 인사밖에 할 수가 없다. 생물의 법칙이라는 강제성에 의해 속수무책으로 수용할 수밖에 없는, 세계의 온갖 소멸들을 시인은 두려워한다. 아니, 정말 두려운 것은 타자의 소멸이라는 현상이 아니라 그 소멸 앞에 아무것도 할 수 없는 자신의 무력함인지도 모른다.

    그 두려움이 안숭범의 시에서 죽음과 소멸에 대한 착념으로 나타나고 있다. "첫 시집도 그 틈새를 찢고 성경 밖에서 죽었습니다"(「벤치에 누운 소란」), "증발된 꿈을 화장(火葬)하기에 좋은 날씨"(「분실」), "이렇게 지는구나, 사람들아"(「생활의 북쪽」), "「영웅본색」에선 아무도 죽지 않는데, 세계는 변색되고 있었다"(「서울 누아르」), "스물넷 동생이 죽었다"(「이른 시」), "내 것이 아닌 모든 추억은 왜 마지막에 나를 다르게 발음하고 죽는가"(「해고−Do! Go!」), "그런 젊음은 추모되지 않습니다만"(「화옹방조제, 2002」), "우린 이

제 죽음의 다른 경향으로 추서되었다"(『당신이라는 모서리』),
"아무도 죽지 않는 밤"(『아무도 죽지 않는 밤』)과 같은 문장
들이 시집 전체에 걸쳐 죽음과 소멸의 냄새를 환기시킨다.

그가 "육층에서 유행이 지난 노래를 떨어뜨"(『안과 밖』)릴
때, '육층'과 바닥의 낙차는 자아가 극복할 수 없는 실존적
한계가 된다. 시인은 "기어이/간격을 만들 다음 날 아침이
공포스러워"(『두 번째 흑산도』) "미래를 먼저 만지고 온 문
장에 하숙하면서, 신앙을 쌓았"(『우담바라』)다고 고백한다.
그에게 시 쓰기는 타자의 소멸 앞에 무기력한 스스로를 책
망하고 또 위무하는 소멸의 수용이다. 그러면서도 '시간'을
'문장'으로 고정시켜 방부 처리하거나 "죽음을 딛고 오는
문장을 소각"(『이른 시』)함으로써 대상의 소멸을 유예시키
려는, 소멸의 거부이기도 하다.

용천목이 죽었습니다, 겨울에 물을 너무 많이 줬습니다,
피망이 시들었습니다, 여름에 물을 너무 주지 않았습니다,
식물적으로 영면하는 세계가 발견됐습니다, 그 아래에서 영
영 묻힌 별똥의 시체들이 수습됐습니다, 당신과 당신 아닌
것으로 갈라지던 순간들이 발굴됐습니다, '죽음'이라고 쓰니
베란다가 어른스러워집니다, '죽임'이라고 쓰니 무거운 삭선
(削線)이 다가와 나를 횡으로 자릅니다, 언제든 목이 마렵던
날들이 보입니다, 오줌이 더 마려운 지금에서야

어머니, 빈 화분 안으로 가는 시선을 도무지 구해 낼 수
없습니다

―「양심의 고고학」 전문

시인은 "식물적으로 영면하는 세계"와 "당신과 당신 아
닌 것으로 갈라지던 순간들"을 '죽음'이라고 명명한다. 육
체 기능이 멈춰 더는 움직일 수 없는 존재의 자연적·물리
적 사망뿐만 아니라 세계의 현재성이 완료되어 과거가 되
어 버린 순간들, 더 이상 오늘의 '활동사진'일 수 없는 어
제의 '정지 화면'들을 죽음이라고 부른다. 시간의 유속에
의해 당신이라는 존재가 "당신 아닌 것", 즉 부재로 전환
되는 '있음'과 '없음' 사이의 낙차 또한 죽음이라는 기표로
나타낸다. 그리고 그 현상들을 다시 '죽임'이라고 고쳐 부
르면서 자신과 관계 맺은 모든 타자의 소멸에 죄의식을 드
리운다. 용천목에 물을 너무 많이 줘서, 피망에 물을 너무
주지 않아서 죽음에 이르게 한 과실(過失)을 후회하고, "빈
화분 안으로 가는 시선을 도무지 구해 낼 수 없"던, 타자
의 소멸이 진행되는 동안 그것을 중단시킬 어떠한 작용도
하지 못한 채 그저 방관한 무력함을 고해하는 것이다.

용천목과 피망의 죽음 앞에서도 "목이 마렵"고 "오줌이
더 마려운" 육체의 생리적 욕구는 어쩔 수가 없다. 타자의
소멸, 시간의 흐름에 의한 자연적 소멸과 시간의 질서를 거
슬러 갑작스럽게 당도한 물리적 소멸들을 안타까워하면서

안숭범은 자신의 현존을 부끄럽게 여긴다. 내 현존이 생생할수록 타자의 소멸은 더 뚜렷하게 대비되기 때문이다.

이처럼 소멸에 대한 연민과 죄의식은 안숭범의 시를 '후진하는 언어'로 끌고 가는 동력이다. 그에게 타자는 "내가 있는 화폭 안에 들어와 삼삼오오 쓰라린 것들"(「루틴한 생활」)인데, 실재의 소멸 자체도 받아들이기 고통스럽지만, "당신들에게서 태어난 한 시선이 죽으면/내일은 다른 노래가 유행"(「다음 계절에서의 출근」)하는 기억에서의 소멸이 시인을 더욱 괴롭게 한다. "이 순간의 세계도, 저기를 잃거나, 저기에게서 잊힐 것"(「당신 책 어느 페이지로 팔려 나간 노랑」)을 두려워하는 시인은 "모든 비껴가는 것/비껴가도 남는 어떤 것/찰나로 남을 수 있을까 하는 그런 것"(「감각과 착념-돗토리 사구」)들을 "영원을 업은 순간에 지어진 집"(「Punctum」)에 들이고자 한다. 우연한 찰나에서부터 영원을 발견하는 것이 시라면, 안숭범이 지은 시의 집은 소멸을 유예하거나 불멸로 승화하려는 염원의 공간이 된다.

5. 무한으로 가는 순간들

너는 그런 때 세기말을 말했고
나는 한 종교를 잃었다

아직 작별 중인 사람들이 여기 아닌 곳에도 많다고
생각했다, 생각이란 것을 해내야 했다
매미가 사라진 후에도 어떤 매미 울음은 몇 개의 계절을
살아 내고
종교가 사라진 이후에도 신앙은 영원을 견주곤 한다
수천의 저녁을 마신 표정으로
나를 떠난 농담들이 영영 고향을 등진 줄 알면서도
여긴 사람이 버린 사람들이 사람을 벼르는 거리
이곳저곳에서 터져 나오는 음악을 함부로 담던 네가
유난히 세게 말하던 날에 다시 이르고자 하면
나는 한 줌 먼지들이 먼지가 아니었던 시절을 사랑하게
된다
나와 오늘은, 무교동 은행나무에 옹이로 숨던 상징처럼
초겨울 진열대 위에서 추위를 견디려 둥글어진다

그때 네가 움켜 딴 마지막 말에
신앙에 매달린 기적이 기울어지는 날에

　　　　　　　　　　　　　　　　　　－「무교동」 전문

위 시에서 화자는 '세기말'에 '종교'를 잃었다고 말한다.
새로운 질서에 대한 불안과 초조감, 현실에 대한 환멸과
비애가 세기말의 표징들이다. 굳이 종말론적 현상이 아니
더라도 한국 사회의 세기말은 온갖 소멸들로 가득했다. 소

멸에 대한 슬픔과 분노, 두려움과 절망이 "수천의 저녁을 마신 표정으로" 우리 앞에 서 있었다. 희망과 이상이라는 '종교'를 잃어버린 사람들과 "사람이 버린 사람들"이 거리로 쏟아져 나오고, 그들 중 일부는 스스로를 캄캄한 소멸로 몰아가 '한 줌 먼지'가 되었다.

"아직 작별 중인 사람들이 여기 아닌 곳에도 많다고" 애써 믿어야만 했다. 사랑하는 이와 작별하고, 희망과 작별하고, 삶과 작별하는 게 우리만이 아니라며 자기위안을 해야 했다. 세기말의 사회적 징후들도 견디기 힘들지만, 시인은 종말의 형식으로 "이곳저곳에서 터져 나오는" 개인적 비애들까지 감당해야 했으리라. "나를 떠난 농담들"과 "네가 유난히 세게 말하던 날"과 "초겨울 진열대 위에서 추위를 견디"는 고통 같은 것들 말이다.

구원이나 희망 따위 약속들이 사라져 버리자 이데아 없이 시뮬라크르만 범람하는 '상징'과 '진열대'의 시대가 되었다. 원본인 '매미'는 사라져도 '매미 울음'이라는 표상은 남아 "몇 개의 계절을 살아 내"고, "종교가 사라진 이후"에도 종교를 의지했던 습관과 형식 들이 텅 빈 기호에 불과한 '영원'을 견주는, 스노비즘의 세계에서 결국 시인도 종교를 잃고 말았다.

아니, 한 종교를 버리고 다른 종교를 얻었다. 일찍이 문학평론가 유성호는 안숭범의 첫 시집을 두고 "청춘을 투과해 온 참담하고도 투명한 개종의 고백"이라 말한 바 있다. 기존의 종교를 부정하며 얻은 깨달음 뒤에는 다시 각성 이전의 삶으로 돌아갈 수 없는 법이다. 세기말 훨씬 이전부터 이미 이 세상은 원본 없는 표상의 공간임을, 신과 인간, 희망과 구원이 모두 한 줌 먼지에 불과하다는 것을 알아 버린 시인은 그때로부터 지금껏 새로운 이데아인 '시'의 힘을 빌려 "한 줌 먼지들을 먼지가 아니었던 시절"로 부활시키고자 한다.

세기말을 지나며 안승범에게 시는 온갖 절망과 비애, 소멸의 양상을 기어이 돌파해 내는 신앙이 된 듯하다. 그가 겪은 세기말처럼, 오늘날 세계는 여전히 불완전한 표상들로 가득 차 있지만 안승범은 그것들이 "먼지가 아니었던 시절을 사랑하"려 한다. 원본을 잃어버려 허상이 되어 버린 모든 기억들을 먼지 이전의 상태, 즉 형상과 질량, 체온과 숨결을 지닌 구체적 '너'로 되살려 내기 위해 그는 시라는 신앙으로 매일 귀의하는 중이다. 이제는 구식이 되어 버린 신실한 믿음을 향해 매일 후진하는 중이다. 그 "신앙에 매달린 기적"이 마침내 영원을 업은 순간, 지난날의 모든 추억과 몽상, 낭만 들이 무한으로 함께 간다.

하늘로 오르는 야곱의 사다리처럼, 엔딩 크레디트가 올라간다.

시인수첩 시인선 009

무한으로 가는 순간들

ⓒ 안숭범, 2017

초판 1쇄 인쇄 2017년 9월 8일
초판 1쇄 발행 2017년 9월 25일

지은이 | 안숭범
발행인 | 강봉자·김은경

펴낸곳 | (주)문학수첩
주 소 | 경기도 파주시 회동길 192(문발동 513-10) 출판문화단지
전 화 | 031-955-4445(대표번호), 4500(편집부)
팩 스 | 031-955-4455
등 록 | 1991년 11월 27일 제16-482호

홈페이지 | www.moonhak.co.kr
블로그 | blog.naver.com/moonhak91
이메일 | moonhak@moonhak.co.kr

ISBN 978-89-8392-670-8 03810

「이 도서의 국립중앙도서관 출판예정도서목록(CIP)은 서지정보유통지원시스템
홈페이지(http://seoji.nl.go.kr)와 국가자료공동목록시스템(http://www.nl.go.kr/
kolisnet)에서 이용하실 수 있습니다.(CIP제어번호: CIP2017021815)」

* 파본은 구매처에서 바꾸어 드립니다.